Les amis d'Elsa
2035

Lucette Terrenoire

Les amis d'Elsa
2035

Roman philosophique d'anticipation

© 2020, Lucette Terrenoire

Édition : BoD – Books on Demand, info@bod.fr

*Impression : BoD – Books on Demand, In de Tarpen 42, Norderstedt (Allemagne)
Impression à la demande*

ISBN : 978-2-3222-4174-3

*Dépôt légal : septembre 2020
Réédition juillet 2023*

CHAPITRE I

ELSA ET LA CAPSULE SOLAIRE 2035

Bellevue, le 18 juillet 2035

La jeune chercheuse, Elsa, regarde autour d'elle. Elle en a ainsi décidé. Sa valise, très mince, est prête pour un long voyage, cependant sa maison semble, par le désordre qui y règne, avoir vocation à ce que des personnes y soient présentes.

Elsa est une jeune femme brune, cheveux courts, petite et frêle.
Dans la cuisine trônent sur la table, théière et tasses prêtes à être utilisées. La vaisselle sèche dans l'égouttoir près de l'évier en céramique beige. Sur le dossier d'une chaise est nonchalamment posée une étole en soie blanche.

Par une porte entre-ouverte on peut apercevoir l'intérieur de la chambre. Ici règne une ambiance étudiante : des documents répandus sur le sol, des livres étalés sur le bureau, des feuilles éparpillées, des stylos de couleur ainsi que des objets hétéroclites, comprenant de l'informatique, des robots, des maquettes de satellites et de fusées. Quelques objets traînent sur le lit, pinces, éprouvettes, piles solaires…

Elsa aperçoit son petit robot, Zorba le Grec, elle l'appelle ainsi. En effet lorsqu'il se déplace à la verticale, à l'horizontale, ou sur un plafond, on a toujours l'impression qu'il danse. Zorba a quatre pattes souples possédant quatre ventouses ; celles-ci lui permettent de se tenir collé sur les surfaces lisses. Deux pattes avancent et deux pattes adhérent à la surface, l'empêchant ainsi de tomber. Cela ressemble à cette danse grecque.

Elsa passa doucement sa main sur le corps du robot qui ressemble à une sauterelle. Alors Zorba s'étira et se mit doucement en mouvement, comme un animal heureux que l'on s'intéresse à lui. Il a compris le signal que sa maîtresse vient de lui envoyer. Elle va partir et il devra surveiller la maison en son absence. Pas de soucis, il connaît chaque recoin et sait se cacher si nécessaire. Il peut également transmettre des signaux lumineux, fermer ou ouvrir des portes, des fenêtres et faire peur à tout intrus.

Zorba se déplace et commence à grimper sur le mur de la chambre avec une grande dextérité, puis il arrive sous le plafond. Satisfait de sa position, il allume une petite étoile pour dire : « je suis prêt, tu peux partir tranquille. »

Elsa, jeta un rapide coup d'œil dans le salon. Cette fois, elle en est sûre ; le départ est pour aujourd'hui. En effet, elle vérifie la carte qui se trouve affichée sur un mur. Elle a annoté soigneusement tous les points qui lui semblent importants :

Les différents mouvements des plaques tectoniques, les différents courants marins, le déplacement des nuages, des vents et les conséquences météorologiques ; elle a noté en une autre couleur les différentes ondes transmises par les satellites.

Aucun doute. Il lui fallait partir pour la station spatiale puis effectuer une opération d'envergure afin de protéger les pays des prochains séismes.

Après avoir mis une combinaison en maille fine qui lui couvre le corps, elle enfile rapidement une robe de voile blanche qui tournoie autour d'elle comme les ailes d'un hélicoptère. Il s'agit d'une voile solaire. Cette technologie très légère lui permettrait de voyager dans l'espace lorsqu'elle serait en orbite.

Elle soulève sa mince valise et l'installe comme un gilet de sauvetage, sur ses épaules.

Elle grimpe rapidement l'escalier en carbone qui l'amène sous le toit de sa maison, dans une salle ronde, recouverte de pierres couleur saumon en forme de roses des sables. Ce matériel peut supporter de fortes chaleurs. Elsa s'installe sur la petite base ronde de lancement, près de la capsule. Elle appuie sur la commande d'ouverture du sas ; La vitre transparente se déplace lentement et permet l'accès à l'azur étoilé. La nuit est belle, profonde.

Sa capsule est deux fois plus grande qu'Elsa ; elle est installée sur un pas de tir. Elsa appuie sur la commande pour extraire la capsule de la maison. Ainsi, le pas de tir et la capsule se retrouvent sur le toit et le sas se referme hermétiquement, permettant le départ.
La toiture est recouverte de carborundum, matière rosée, très dure, supportant la forte chaleur qui va

se dégager sur les cent premiers kilomètres à parcourir.
La capsule hyperlégère, à peine plus épaisse qu'Elsa, contient deux étages. Le premier se dégradera après le passage des cent kilomètres permettant au second de s'allumer et ainsi d'aller se positionner en orbite.

Au moment, où le second étage se détachera et se dégradera, Zorba ouvrira le sas pour recevoir les matériaux du premier étage et du deuxième étage dégradés ; ceux-ci retomberont dans la base de lancement en se reconstituant à l'identique, dès leur arrivée. Ils auront gardé leur mémoire de forme, après s'être mis en plusieurs parties pour revenir à terre. Ainsi, la dégradation temporaire, ne laisserait aucun déchet. Les lanceurs seraient à nouveau fonctionnels.

En quelques secondes Elsa monte dans sa capsule solaire. Elle connaît la procédure pour l'avoir réalisée maintes fois. La capsule décolle à la verticale au-dessus de la ville endormie et s'éloigne dans le ciel bleuté ; en raison de sa nouvelle constitution, tels les avions furtifs, la capsule est invisible pour toute personne qui se serait hasardée à regarder les étoiles dans la nuit.

Derrière elle, la base reprend sa place à l'intérieur, sous la toiture et la vitre en verre transparente se referme.

La capsule se déplace à la vitesse de 28 000 kilomètres par heure, vitesse nécessaire à toute fusée pour s'extraire de l'atmosphère terrestre. Un système par aimants, des spins, lui permet de s'arracher de l'attraction terrestre par répulsion et de passer rapidement dans un mode d'apesanteur propice à accentuer la vitesse, sans pour autant avoir les variations fortes dans la cabine.

La combinaison en maille fine protège Elsa des risques de brûlures engendrées par les radiations solaires et cosmiques, ainsi que de la poussière de régolithe. Cette nouvelle maille constituée de graphite, de toiles d'araignée, de plumes et d'un métamatériau est très fine, facile à porter. Cette tenue, qui lui colle à la peau, laisse celle-ci transpirer et elle peut respirer par ses narines et sa bouche comme si de rien n'était. Sa vue, non plus, n'est pas troublée par ce film, quasi invisible, de par son revêtement en trois dimensions avec ces motifs complexes qui tordent la lumière. De plus, une caméra performante, simple, dotée de cellules photo-détectrices flexibles, lui assure une vision panoramique.

Avec une rapidité extrême, elle aperçoit la station spatiale ; elle place la capsule en orbite afin de se maintenir à petite distance, tout en gardant la même trajectoire.[1]

Soulevant la coiffe, qui lui sert de casque, elle sort de la capsule et s'élance vers la station. Sa robe en voile solaire lui permet d'approcher lentement la station. Sa valise en forme de gilet de sauvetage comporte un émetteur radio afin d'entrer rapidement en contact avec le personnel de la station. Enfin, un propulseur de direction, placé sur ses mollets, facilite son déplacement et elle put atteindre facilement le sas d'entrée de la station. Sa première mission est réalisée sans soucis, grâce aux nombreux entraînements qu'elle a effectués de façon régulière depuis plus d'un an.

A l'intérieur ses amis-es spationautes l'attendent.

Elle pose délicatement ses pieds sur le sol d'entrée. Elle porte des chaussures de nacre aimantées.

Dans la station, un sol, lui-même aimanté par mouvement rotatif, permet aux spationautes de marcher, avec pour effet de reproduire l'attraction terrestre. Les efforts pour marcher induisent un

---

[1] **Une majorité des innovations sont réelles. Quelques unes sont fictives, telles que la combinaison, la moto volante.**

équilibre physique et les muscles continuent de fonctionner normalement, ce qui n'était pas le cas en apesanteur.

Voici Charlie qui s'avance en premier pour l'accueillir, suivi par Otneil, Midori et Fred.

Yvan venait de repartir avec son fidèle rouge-queue « Pitit » ; Il avait fini sa mission. « Dommage » pense Elsa, elle aurait préféré faire cette nouvelle mission en sa compagnie et avec « Pitit », celui-ci aurait été sans doute d'une grande aide. Janös était aussi absent. Il venait d'être papa d'un beau garçon, et pour cette raison restait quelques temps auprès de sa femme.

Chacun s'installe autour des bureaux. Elsa allait leur expliquer sa mission.

« Des risques de séismes ont été envisagés. » dit-elle. « Or ces séismes ne semblent pas correspondre aux zones de danger habituelles. Ici, il est envisagé que ces séismes pourraient venir d'une installation stellaire qui provoquerait des modifications dans les interactions lunaires ; ces modifications menaceraient ainsi de nombreuses villes très peuplées. Nous devons envisager un acte de destruction massive. Il s'agit donc de vérifier, dans l'espace, les anomalies lumineuses. »

Tous avaient écouté avec attention le message d'Elsa. Il savait combien la jeune femme avait mené de missions et combien celle dont elle venait de parler était dangereuse. Non seulement, il y avait un danger avec les séismes, mais en plus, il s'agissait peut-être d'une action volontaire mise en place par des pays malveillants. Si c'était le cas, le risque était le déclenchement d'une guerre. Et cela, personne ne le voulait, surtout dans la station où tous se connaissaient depuis des années et appartenaient à des pays différents. Pas question pour eux de rompre leur amitié construite depuis longtemps et encore moins pour les fantaisies d'un chef de gouvernement, qui se voudrait le maître du monde. Non, leur amitié ne faillirait pas et ils réussiront cette mission ensemble.

La politique les ennuyait profondément et les sautes d'humeurs des chefs de chaque pays également.

Comme dans les Mousquetaires d'Alexandre Dumas, ils dirent spontanément :
« Un pour tous et tous pour un »

Il est nécessaire de réfléchir vite.

Otneil avec un grand sourire qui contient le soleil de son pays d'Afrique, confiant dans la réussite de la mission, demande à Elsa :
« Quels sont les éléments dont tu disposes ?
- Nous devons réfléchir dans l'espace-temps, répondit Elsa ; c'est à dire que nous ne savons pas si l'action a été réalisée en ce moment ou antérieurement, ou si cela est un projet en construction.
En conséquence nous devons tenir compte des années lumières qui peuvent nous séparer des objets et qui influencent ces risques de séismes. Pour l'instant nous ne savons pas où se trouvent les objets, nous ne savons pas s'il y en a plusieurs, ou s'il n'y en a qu'un seul. »

Elsa s'arrête un instant. Midori plongée dans une profonde réflexion, comme seules les japonaises ont le mystère, regarde Elsa en soulevant gracieusement ses deux mains comme pour recevoir un cadeau, et lui dit :

« Tu es chargée d'une mission, donc il y a bien des éléments pour cela. »

Elsa reprit :
« Oui, nous sommes certains que cela ne peut pas venir d'un phénomène naturel. C'est une action volontaire. Nous avons reçu des signaux qui ne font aucun doute ; ces signaux n'ont rien de classique et nous alertent sur les dangers. »

CHAPITRE II

LA VIE DANS LA STATION SPATIALE

Charlie, un homme élancé, les cheveux plats de couleur châtain et aux yeux noisette, domine tous les autres ; c'est le chef de groupe. Charlie paisible, sérieux, sait faire appel à toutes les qualités de son équipe. Son visage mince comporte des sourcils épais qui semblent protéger ses yeux de la lumière. Son nez est fin et ses lèvres restent sans tristesse, ni sourire. Il semble toujours plongé dans une profonde réflexion et être prêt pour agir. Parfois son regard est tellement expressif, qu'il semble parler sans prononcer un seul mot. Toute l'équipe le respecte.

Ce jour-là, il a sur lui sa tenue beige qui lui colle au corps. Elle a été créée aux U.S.A., par les meilleurs couturiers de plusieurs pays. Cette tenue répond à plusieurs critères : souple et très protectrice, résistante aux coupures et aux différences de température.

Il réfléchit rapidement et propose de recenser leurs matériels :

« Nous allons mettre en place un poste de surveillance à l'intérieur de la station, dit-il, puis suivant les signaux émis nous calculerons les distances et les lieux potentiels.
- Je ferai partie de l'équipe de surveillance, dit Fred. En effet, je viens d'arriver et je ne suis pas fatigué, je peux donc consacrer du temps pour faire les calculs, peut-être. »

Fred est le français de l'équipe. Un peu trapu, toujours aimable, un peu rêveur, ses cheveux bruns coupés à la Jeanne d'Arc, avec une raie au milieu, des yeux bleus transparents sous des sourcils épais, longs, qui s'alignent comme un grand trait sur son front, le nez retroussé, comme pour mieux respirer. C'est un fort en mathématiques, en informatique et en physique.

Il a toujours avec lui une araignée, copie d'une de celles portée par Cédric Villani, français célèbre pour avoir reçu la médaille Field, « Nobel » de la

« mathématique », suivant les termes préférés de Cédric Villani, qui était aussi réputé pour ses mystérieuses araignées, symbole d'intelligence artificielle et du hasard des rencontres. Quant à Fred, cette araignée symbolise, pour lui, les traces que l'on trouve sur la partie Sud de Mars, lors des éruptions volcaniques.

Fred a des instruments très précis qui lui permettent de donner des informations exactes, bien qu'il aime pondérer ses résultats par un : « Peut-être ».

« C'est pareil pour moi, dit Midori, en regardant fixement Elsa pour appuyer son propos ; tu peux compter sur moi et sur mon robot XT. C'est un champion, il possède une fonction d'une très grande précision. »

Midori, est petite et rapide dans ses actions. Elle a les cheveux bruns, d'une coupe très courte dans le dos et des cheveux plus longs encadrant son visage. Ses yeux noirs brillent de malice.
Elle ne se déplace jamais sans son robot X.T. Celui-ci, miniature, a un mode de propulsion qui lui permet de se déplacer plus vite que la lumière et il peut emmener avec lui de petits objets, les poser, les fixer ou encore les couper.

« Je me joins à l'équipe de surveillance qui reste dans la station » souligne Otneil, avec son large sourire ; j'assure le repas comme d'habitude et je vous soutiendrai par émission radio ou par ondes télépathiques, si nécessaire. C'est facile maintenant avec les puces implantées derrière nos oreilles. »

Otneil est presque aussi grand que Charlie. Cependant il possède de larges épaules et son corps souple est recouvert d'une tenue plus sombre que celle de Charlie. La matière est identique.

Otneil se tourne vers Elsa :
« Connais-tu les nouvelles techniques, celles qui utilisent les impulsions lumineuses ? »

Elsa, intriguée, répond spontanément :
« - Non.
- Cela fonctionne à seulement 80 attosecondes (une attoseconde est un milliardième de milliardième de seconde) Tu pourrais ainsi m'envoyer des impulsions par laser, ce système s'adapte aux changements extérieurs. J'ai un appareil pour moi et je peux t'en laisser un. Nous communiquerons ainsi en morse et cela sera plus rapide.
- Ne risques-tu pas d'être ébloui par le laser ?
- Non, c'est prévu. J'ai ma visière et ma caméra qui sont recouvertes de paupières microscopiques. Elles rendent opaque le verre quand la surface est heurtée par un rayon nuisible. Ce principe existe depuis 2001, nous l'avons amélioré. Auparavant les clapets se fermaient en 1/10000 seconde. Je te remets une visière qui s'adapte à tes yeux. Cela se pose comme des lentilles. »

Otneil qui adore toutes les nouvelles technologies est heureux de se trouver en présence d'Elsa. Elle aussi. Elle peut lui expliquer les curieux instruments qu'elle utilise, et indique souvent les composants.

« Bien, dit alors Charlie, nous allons vérifier si Otneil nous a bien préparé le repas de fête et ensuite nous irons nous reposer afin de nous préparer à l'action qui doit se tenir très vite. Nous aurons une heure et demie de repos. J'étudierai pour ma part les déplacements possibles dans l'espace, et je partirai avec Elsa, pour explorer les signaux, afin de nous faire une idée des lieux potentiels des objets dangereux. »

Otneil se dirige immédiatement vers son jardin où les plantes poussent comme dans un jardin terrestre ; Il parle aux plantes et en même temps précise à Elsa :

« Il a été prouvé que si l'on parle aux plantes et si on leur met certaines musiques, elles poussent plus vite et résistent mieux. Ensuite nous récupérons tous les déchets et ceux-ci donnent la nourriture aux plantes. Ainsi, nous avons moins de déchets et nous avons plus de nourriture fraîche. Nous mangeons principalement des fruits et des légumes, très peu de protéines sauf des viandes séchées, poissons séchés et parfois œufs séchés.

Nous avons résolu le problème de l'eau qui se mettait en boule ; de même l'apesanteur ne nous gêne plus pour les objets.
Pendant que je prépare le repas, tu peux aller chercher ta serviette corporelle. Elle contient des propriétés désinfectantes et ainsi tout va mieux. A tout à l'heure.

- O.K. Merci pour cet accueil. Toujours contente de vous retrouver ! »

Elsa s'éloigne pour aller dans la partie séparée où elle va pouvoir se nettoyer.
Fred installe rapidement les postes de surveillance, accompagné par Midori. Il s'agit de bien les immobiliser sur la table de travail, sinon ils vont flotter.

En cinq minutes, tout est prêt.
Chacun se retrouve côte à côte ; Ils dégustent le bœuf séché, un peu de pain avec les légumes fraîchement ramassés par Otneil et quelques fraises. Un délice après cette journée chargée.
Près d'eux se trouve le distributeur d'eau, élément vital.

Charlie et Elsa ont déjà mené des missions ensemble. Ils connaissent les gestes à tenir et sont capables de s'aider l'un, l'autre, si nécessaire dans l'espace.
Ils vont aller se coucher pendant le moment où la station ne reçoit pas les rayons du soleil ; Elsa sait qu'une heure trente lui suffira pour récupérer de son voyage qui n'avait duré qu'une demi-heure.
Le vrai repos, elle le prendra plus tard une fois sa mission accomplie.[2]

Après le repas, chacun se sépare en silence ; Après avoir gonflé sa chambre individuelle et sanglé son sac de couchage, Elsa est tranquille. Elle ressent sur elle, le flux d'air qui évite l'accumulation d'air vicié et s'endort après avoir réglé sa montre.
Chacun connaît son poste et son matériel.
Ils vont passer à l'action et c'est l'essentiel.

Voici le moment venu. Chacun contrôle à nouveau son matériel et se prépare à son poste.
Il ne s'agit pas de sortir tout de suite. Il convient en premier de faire les exercices physiques qui vont permettre au corps de se rétablir au mieux.

---

[2] **Les instruments dans l'espace sont majoritairement réels, d'autres entièrement fictifs.**

Puis, Elsa et Charlie ont pris leur combinaison spatiale. Ils vont sortir de la station spatiale.

Dans son sac, Charlie a installé le robot X.T que lui a confié Midori. À l'extérieur Charlie positionne le ballon gonflable « citrouille » appelé ainsi en raison de sa forme. Le ballon transportera les instruments scientifiques destinés à étudier les rayons cosmiques.

Parmi les instruments, Charlie a glissé un miroir orientable qui permet à la caméra de filmer avec une vue complète à 360 degrés.

Télécommandé, l'engin transmet les images vers l'extérieur ; Fred, Midori et Otneil pourront recevoir et analyser les informations qui seront également envoyées à l'équipe au sol.

Enfin, par prudence, Charlie emmène également, le vieux robot U.Man. Il peut faire des attaches solides avec des fils, des nœuds complexes, visser des écrous, voire percer des objets avec une pointe contenue dans ses bras articulés.

Quant à Elsa, elle a pris son télescope à infrarouge.

Il est temps de reprendre contact avec l'équipe au sol ; la liaison radio est établie. C'est Yvan qui répond :

« Allo Elsa ? Allo Charlie ? Vous m'entendez ?
- Oui.
- Oui.
- Parfait ; mon pointeur fonctionne : je viens de noter avec précision, l'altitude, la longitude, et je noterais votre déplacement.

Je t'indiquerai Elsa, dans quelle direction pointer ton télescope. Tu devras recevoir les informations de façon automatique en une minute, maximum.

Soyez vigilants quelques résidus d'atmosphère peuvent freiner par frottements votre avancée. Je vous tiendrais informés.

Attention, le plasma solaire des tempêtes géomagnétiques peut provoquer des décharges d'électricité statique.

En cas de manifestation de tempêtes, je vous demanderai d'obéir à mes ordres sans discuter. Je ferai immédiatement les interventions pour redémarrer vos ordinateurs depuis ma table de contrôle. O.K. ?
- C'est noté, dit Elsa.
- D'accord, répond Charlie. Nous sommes prêts pour le départ. »

CHAPITRE III

LA RECHERCHE DE L'OBJET

Charlie et Elsa se dirigent vers la sortie de la navette. Ils entrent dans le sas.

Rapidement, ils rejoignent leurs capsules spatiales. De couleur métallique, la capsule de Charlie a la particularité d'assembler les deux capsules solaires et de permettre aux deux spationautes de se séparer dans l'espace si nécessaire. Charlie installe très rapidement les attaches qui relient les deux capsules. Dans l'instant présent, le vaisseau prend la forme d'un long fuseau où il y a la place pour deux personnes, chacune dans sa capsule. De grandes baies transparentes donnent accès à une vision panoramique de l'espace.

Charlie sort son ballon « citrouille » et installe les instruments à transporter. Le ballon de 130 mètres de diamètre, ainsi arrimé, suit facilement le vaisseau composé des deux capsules longilignes.

Une fois les instruments rangés dans la « citrouille », Charlie s'installe, ainsi qu'Elsa, chacun dans leur compartiment respectif ; Elsa est déjà sur son tableau de bord et pianote sur les écrans. Il s'agit pour elle de repérer en premier lieu, une lumière anormale, voire plusieurs.

Charlie commence également à pianoter. Il donne les instructions pour se situer dans l'espace-temps et transmettre en deux secondes, toutes les informations auprès de la base de la station spatiale et, en même temps, aux contrôles sur terre.

Il prend contact avec Otneil, Midori, Fred qui se trouvent dans la navette spatiale ; puis ensuite avec Youri et Valentina, dans la base située en Antarctique ; Valentina répond à Charlie « Poekhali ! » « On y va ! » Les parents de Valentina lui avaient donné ce nom, en mémoire de la première cosmonaute russe à être allée dans l'espace, Valentina Terechkova qui, à 83 ans, en 2020 se disait volontaire pour aller sur Mars si on le lui demandait. Ce qui amusait beaucoup Youri, c'est que Valentina dans la station en Antarctique, remplaçait Janös, le papa d'un petit Thomas, appelé ainsi en l'honneur de Thomas Pesquet.

Charlie prend contact avec Yvan et Tang, aux États-Unis en Californie et enfin avec Hermann et Roseline, qui eux se trouvent en France à Toulouse. Chacun est à son poste et scrute les moindres signaux d'échange.

Charlie et Elsa ont une vingtaine de jours devant eux pour atteindre Mars. Pendant ces vingt jours, les équipes vont se relayer pour transmettre les informations, ou pour prendre en main le vaisseau spatial, afin de leur permettre de se reposer.

Heureusement grâce aux ordinateurs quantiques les commandes radios passent beaucoup plus vite qu'en 2020. Auparavant, il fallait compter entre une bonne vingtaine de minutes voire une heure pour que l'information parvienne à terre. Depuis 2035, les avancées technologiques permettent des performances auxquelles personne n'avait pensé dans cette période.

Toutes les sondes, envoyées, avaient permis de faire des tests sur les fonctionnements des instruments dans l'espace-temps. En effet, il avait fallu admettre que les droites étaient des courbes, que la distance et la vitesse de la lumière influençaient les résultats et parfois les rendaient caducs dans un lieu éloigné de la terre, comme Mars par exemple ou comme Saturne, Pluton, Titan.

Maintenant, en 2035, ce qui paraissait impossible, fonctionnait régulièrement et la « suprématie quantique » avait apporté sa pierre à l'édifice, un calcul qui aurait pris en l'an 2020, plus de 10 000 ans, était réalisé en moins de 200 secondes.

Au niveau des nouvelles technologies, Otneil, venait de surprendre Elsa avec son appareil à impulsions lumineuses ultraviolettes, par la rapidité avec laquelle ils allaient pouvoir communiquer.
Cela est « Merveilleux », comme elle se plaisait à le dire.

Les déplacements aussi étaient optimaux et n'avaient pas besoin de beaucoup d'énergie pour traverser l'espace.
Il fallait juste une grande énergie au départ pour sortir de l'atmosphère terrestre. Par contre pour se déplacer dans l'espace, le rayonnement solaire pouvait suffire, avec la force gravitationnelle, s'il n'y avait pas d'urgence.

De plus, grâce à l'intrication de deux objets, la « suprématie quantique » avait dépassé la notion de distance, de temps, puisque cette action menée sur terre, se réalisait simultanément dans l'espace à partir de l'instant où les ondes d'un objet avait été reliées aux ondes d'un autre.

Elsa a pris soin d'avoir un objet relié à son robot Zorba. Elle peut ainsi lui donner un ordre et celui-ci est exécuté en simultané. Par ailleurs, elle a aussi avec elle, un autre objet qui, lui, est relié à « Pitit », le robot de Yvan.
Elle ne sait pas si Charlie possède aussi cette technologie de pointe ; elle lui demandera dès que possible.

Pour l'instant, ils doivent partir immédiatement, pour profiter de la bonne position des étoiles et des heures d'ensoleillement pour voyager sans énergie autre que le vent solaire et les forces gravitationnelles.

Charlie applique la procédure de départ. Ils ont regardé les cartes avant de partir et vont se diriger du côté de la station qui se trouve sur Mars. Celle-ci, installée depuis peu de temps, en forme

cylindrique, a un diamètre de 8 mètres et une hauteur de 8 mètres également.
Un hôtel gonflable est installé près de la station.

Pour le voyage, Otneil leur a préparé pour vingt jours de délicieux repas à base de fruits secs, de viandes séchées et autres surprises. Ils doivent atteindre la station en quelques jours. Là, ils retrouveront une autre équipe qui vit sur place et sait maîtriser la culture et l'élevage dans l'espace. L'eau et la nourriture sont cependant limitées, et les espaces de vie restreints au minimum. Quelques sorties dans un fauteuil spatial sont prévues pour s'échapper de ces espaces confinés. Ensuite, ils reprennent leurs travaux de recherches scientifiques, la maintenance des appareils ainsi que le nettoyage régulier du module. Entre temps, ils pratiquent une heure d'activité sportive.

Les visites sont rares ; ils sont surpris d'apprendre la prochaine visite de deux spationautes. Ils se demandent quel est le but de cette visite impromptue. La raison officielle : une expérience scientifique d'envergure.

En fait, l'ordre donné à l'équipe de Charlie de « secret défense » leur interdit d'indiquer la raison de leur venue sur Mars.

Une fois arrivés, Charlie et Elsa pourront observer et comparer les résultats, pour déterminer leurs positions et celle de l'objet ou des objets perturbants. Ils devront alors rechercher les indices à la surface des satellites pour obtenir un emplacement précis de l'objet. Dans un premier temps, ils auront à cartographier et à sonder à distance.

Elsa est impatiente de monter dans un « rover » pour découvrir la planète Mars et ses cratères géants. Elle espère bien avoir le temps de faire un tour de « fauteuil » dans l'espace pour se relaxer.

Elsa confie les commandes de sa capsule à Yvan, sur la base en Californie. Elle choisit cet instant pour se reposer avant l'action sur Mars. Elsa repense aux moments passés en France, à ce texte d'Émile Guillaumin, extrait de « *La vie d'un simple* » et donnant une description du Bourbonnais :
« *Les premiers jours de notre installation, ces paysages m'apparurent par brides, ouatés de*

brouillards. Je les vis ensuite dans leur décor hivernal, alors que les cultures sont nues, lavées par les pluies ou pailletées de gel... »

Elsa revoyait alors les paysages fantastiques de son enfance, changeant de couleur, du vert tendre ou vert foncé et les levés de brumes, lorsque le soleil commençait à réchauffer les montagnes.

Elsa regardait les constellations stellaires et se disait en elle-même, des paroles entendues autrefois :
« Les rêves sont plus déterminants pour l'avenir que l'avenir lui-même »

Ce devait-être Étienne Klein qui les avaient prononcées, se dit-elle. Elle sourit. Le livre-tract d'Étienne Klein, « *le goût du vrai* » avait été longtemps son livre de chevet, tout comme le livre d'Émile Guillaumin « *La vie d'un simple* » et celui d'Italo Calvino, « *Le baron perché* ».

Avaient-ils participé à son choix de devenir spationaute ? Qui avait déterminé sa trajectoire ?

Peut-être sa mère et son père qui l'invitaient à regarder les étoiles dans le ciel le soir, lorsqu'elle avait à peine un an, et aussi parfois, à voir passer la Station Internationale juste au-dessus de leur toit. Ainsi, Elsa voyait l'I.S.S. pendant vingt bonnes minutes, parcourir une trajectoire Nord-Ouest et se diriger vers le Sud-Est.

Peut-être sa mère qui, lorsqu'elle était petite, jusqu'à l'âge de 12 ans, lui offrait des livres sur l'espace.

D'ailleurs, n'avait-elle pas dit à sa mère en 2010, lorsqu'elle avait cinq ans, un soir en montant sur un tronc d'arbre :
« Allez, monte Maman. Je t'emmène sur Mars ».
Tout le monde avait bien ri !

Gaïa, l'un des télescopes Européens qui avait été lancé en décembre 2011, l'avait aussi fait rêver.

N'avait-elle pas demandé à ses parents d'appeler leur petite chatte, Gaïa ? Elle lui avait dédié ce nom parce que cette chatte semblait sans arrêt en train de regarder autour d'elle ; parfois, elle venait la chercher dans sa chambre, si quelque chose l'interrogeait. Elle venait alors demander à Elsa de la suivre pour lui montrer ce qui l'intriguait. Parfois, ce pouvait être un hérisson, parfois un

chat voisin qui était passé dans le jardin, ou une petite cistude qui était venue boire…
C'était comme si Gaïa découvrait des mondes à part… et voulait connaître leur signification.

D'ailleurs des projets de voyages touristiques avaient commencé à poindre, avec Elon Musk… alors pourquoi ne pas emmener sa mère sur Mars ?
Cependant, supporterait-elle le voyage ?

Et bien voilà, en 2035, elle, Elsa allait arriver sur Mars dans quelques jours.

Elsa replongea dans son passé, ce passé qui avait préparé en même temps son avenir.

CHAPITRE IV

LA COUPOLE

Charlie est installé dans sa capsule ayant laissé la direction en automatique. Il s'occupe de vérifier que le ballon suit correctement le vaisseau. Il installe le ballon à quelques mètres de la station, en disponible, au cas où il aurait besoin d'un des instruments qu'il a positionnés à l'intérieur. Il a conservé avec lui le robot X.T de Midori ainsi que le vieux robot U.Man ; U.Man avait réalisé plusieurs missions et continuait à fonctionner avec une extrême précision.

Enfin ! Un peu de temps pour le repos avant les recherches de l'objet lumineux.

Charlie s'adonna à la rêverie devant le monde féerique de l'espace. Il regarde par le hublot les étoiles et les galaxies défiler devant lui.

Depuis qu'ils étaient partis, le jour spatial était revenu, et ils pouvaient voir la terre toute bleue. Ils allaient dépasser la Lune…

Charlie se rappelle les cours de M. Sylvain Chaty de l'Institut d'Astrophysique à Saclay, près de Paris. L'image de la Lune vue de la Terre était décalée de 1,3 secondes lumière. Oui, 1,3 secondes lumière ; cela paraissait très peu pour tout un chacun, cependant lorsqu'on se trouvait dans un vaisseau spatial, la notion de temps, d'images, de sons, prenait une autre dimension. Raisonner en espace-temps était vital.

Les télescopes les plus puissants se trouvent aux points de Lagrange, le point L2 plus précisément. Ils renvoient une image décalée de 5 secondes lumière. Depuis de nombreuses années des photos avaient été prises dans l'espace lointain.
Bien entendu, lui et Elsa pourraient, malgré cet écart de temps, s'appuyer sur leurs images.

Charlie se pose la question : « A quoi pouvait bien servir cet objet lumineux qui risquait de provoquer des séismes ? Cet objet semblait agir sur les jours et les nuits.
Ainsi, lorsque la Lune émettait une faible lumière, cet objet projctait une lumière identique à un soleil

35

sur toute une partie de la terre, comme un cône de lumière. Cela semblait agir sur les marées, qui subissent l'attraction de la Lune et aussi sur la faune et la flore.

En raison de cette lumière anormale, le nettoyage des poussières ne se faisait plus et la pollution devenait plus intense, asphyxiant une partie de la végétation, avec pour conséquence une raréfaction de la flore, une perte inestimable dans l'agriculture et dans la biodiversité. Cela avait même commencé à assécher des terres sur plusieurs hectares de terrain et les animaux quittaient ces lieux.

C'était extrêmement intriguant. Était-ce un de ces quasars, monstres de lumière, pourtant il savait bien que ceux-ci étaient rares dans notre environnement proche. Ces objets célestes extrêmement lumineux et compacts, étaient nés en majorité entre 2 à 3 milliards d'années après le Big-Bang.
Les observer, c'est pour ainsi dire remonter dans le passé, puisqu'ils sont d'après les astrophysiciens, éteints après une période d'intense activité. Là encore, la plupart des spectres présentent un décalage vers le rouge.

D'ailleurs, plus le spectre est décalé vers le rouge, plus l'objet est éloigné de nous.

En réalité l'Univers est gigantesque. Désormais, gravitation, force nucléaire faible et électromagnétisme, faisaient partie du nouveau monde, celui des atomes, des étoiles, des planètes, des galaxies, des amas d'amas, des superamas, des superamas voisins, de l'Univers.

Une phrase de Sylvain Chaty lui revint en mémoire :
« *Les objets éloignés ont émis leur lumière il y a longtemps.*
Donc quand on regarde loin dans l'espace, on regarde loin dans le passé ».

Ici, la lumière de l'objet perturbant, était semblable à celle du soleil. Non, ce ne pouvait pas être un de ces fameux quasars !

Charlie replongea dans une contemplation profonde de cet Univers qui l'entourait.

D'où venait la gravitation ? D'où venaient toutes ses forces gravitationnelles qui permettaient de voyager dans l'espace-temps ? Que connaissait-on de cet Univers ? 5 % de matière, le reste nous demeurait inconnu.

Il repensa à la phrase devenue célèbre d'Einstein : « *Deux choses sont infinies : L'Univers et la stupidité humaine ; et je ne suis pas sûr au sujet de l'Univers.* »

Charlie soupira… Un instant il fut pris d'une grande tristesse.
Ce pouvait-il que cet objet lumineux soit placé là pour détruire une partie de l'humanité ? Il ne voulait plus que les horreurs des guerres se reproduisent. N'était-ce pas pour cela qu'il s'était engagé dans la conquête spatiale ? Trouver d'autres terres pour que les hommes ne se disputent plus les espaces et puissent continuer à « *croître et se multiplier* ».

Puis, réfléchissant encore, à cette phrase à priori anodine, il reprit « *Croître et se multiplier* » c'était peut-être cela l'erreur ; Pendant le Traité de Rome dans les années 1960 – 80, ce problème d'expansion de la race humaine avait été mis en cause dans les risques de famine et de guerre. Une politique de baisse des naissances avait été engagée.

Dans certains pays, la politique familiale avait porté les naissances à un, maximum trois enfants par couple ; des réunions d'information auprès des parents étaient organisées par les plannings familiaux. Pour se développer, la Chine toujours avec cette unicité, avait donc mené la politique de l'enfant unique. Plus tard, dans les années 1990, beaucoup de Chinois ne trouvaient pas de partenaire pour se marier… Une vie bien triste. Ils ne connaîtront jamais la joie de voir gambader leurs enfants et leurs petits enfants avec leur rire spontané et leurs questions embarrassantes, auxquelles on ne pouvait pas répondre. Au moins, si les peuples, les rois, les dirigeants, tous se mettaient à réfléchir sur l'infiniment grand et sur les questions non résolues, sans doute ne se feraient-ils plus la guerre. La civilisation avancerait vers la Paix.

Charlie arrêta le cours de ses pensées. Il lui fallait se reposer. Dans une heure, les capsules seraient à nouveau dans le noir complet. En dessous, la terre était endormie.

Il appela Yvan et Tang ; c'est Yvan qui répondit :
« Tang est parti se reposer. Je prends le relais.

- Eh bien dit Charlie, je vais suivre Tang dans le monde des songes. Ce sera plus confortable, à bientôt. Je préviens également Elsa pour qu'elle prenne la relève. »

Elsa a pris le temps de se détendre et se reposer ; elle a l'habitude de l'espace et est d'une nature bien constituée. Cela lui avait permis de réussir toutes les épreuves pour ses interventions.
« Pas de soucis, je préviens Otneil, Midori et Fred que je prends le relais, à plus. »

Elle appelle la station. C'est Fred qui lui répond :
« Hello, jeune fille, comment cela se passe de ton côté ?
- Plutôt bien. Pour l'instant tout est calme et je me suis reposée. Je prends donc le relais de Charlie.
- Eh bien, je vais te faire part d'une nouvelle, qui va, peut-être, t'intéresser.
- Dis-moi, de quoi s'agit-il ?
- J'ai retrouvé le projet qualifié « d'idée folle » par Robert Brucato, le directeur assistant de l'Observatoire en Californie.
- Et, en quoi, consistait ce projet ?
- C'était un prototype mis au point par Space Regatta Consortium, le constructeur de lanceur

Russe. Le prototype s'appelait Znamia 2,5 (Drapeau si l'on traduit le russe)

- Et pourquoi cela présente-t-il un intérêt pour toi d'avoir retrouvé ce projet ? dit Elsa très intéressée et impatiente d'en savoir plus.

- La mission de cette voile ronde de 25 m de diamètre avait comme objectif de dévier les rayons du soleil sur la Terre endormie.

- Oh ! Dit Elsa... elle venait de comprendre... peut-être la lumière qui perturbait les végétaux. Continue, tu m'intéresses encore plus.

- C'était dans l'année 1999, elle devait engendrer une luminosité de cinq à dix fois celle de la pleine lune, sur une superficie de 4 à 7 km de diamètre.

- Ce n'est donc pas notre objet perturbant, il couvre beaucoup plus d'hectares... cependant, cela pourrait être un des objets. Il y en a peut-être plusieurs. Continue, raconte m'en un peu plus.

- D'après des articles, Znamia 2,5 avait la forme d'une grande tarte plate, avec huit voiles miroir, un peu écartées les unes des autres. Elles étaient fixées au centre et sur le bord extérieur.

Seulement, si le premier prototype Znamia 2 a bien fonctionné, comme essai en octobre 1992, il n'en a pas été de même de Znamia 2,5. L'antenne du système de rendez-vous orbital automatique, qui servait aux vaisseaux du ravitaillement de la

navette, n'a pas été rétractée. L'antenne a déchiré la voile, ce qui a obligé le poste de contrôle à larguer Znamia 2,5 dans l'espace. Celle-ci n'est pas revenue dans l'atmosphère.
- Tu penses que c'est peut-être elle qui navigue sans pilote et qui trouble ainsi les nuits ?

Fred, imperturbable lance son célèbre :
- « Peut-être... »
- Comment pourrions-nous savoir ? demande Elsa. De plus dans ce cas nous ne sommes pas tenus d'aller jusqu'à Mars ! Nous pourrions retrouver l'orbite de Znamia sur laquelle elle tourne encore.
- Eh, oui, "peut-être". dit Fred. Cependant, on peut quand même penser qu'elle a été propulsée par la suite dans l'atmosphère. Et puis, comme tu le faisais remarquer... elle est trop petite pour être la cause d'une aussi large lumière. Oui, c'est peut-être elle, mais pas toute seule, dans ce cas. »

Là-dessus la conversation s'arrêta. La piste des recherches venait de se tarir. Quel dommage, cela semblait tellement « coller » à cette problématique.

Elsa qui avait l'habitude des situations complexes, se dit en elle-même :
« Pour trouver une piste, il faut sortir du cadre. Changer de point de vue. Surtout ne pas rester sur une « sorte d'évidence ».

« O.K. dit-elle à Fred, et si c'était une comète ? As-tu regardé Wild 2 ? Où la comète Wirtanen ?
- Non, impossible que ce soit l'une d'elles », affirme Fred avec son âme de scientifique.

Elsa cherche d'autres pistes… avec Fred, s'il avait dit "non", inutile d'aller chercher plus loin sur cette piste, il avait forcément des arguments à avancer largement justifiés.
S'il avait seulement dit « oui, peut-être... » alors ils auraient pu continuer à chercher de ce côté.

Otneil qui venait de se réveiller, leur fit un petit coucou !
« J'ai entendu une partie de votre conversation. Désolé, les murs ici ne sont pas très épais. Je veux bien me mêler à votre recherche, si vous m'acceptez, dit-il avec un sourire élargi, qui connaissait déjà la réponse de ses interlocuteurs.
- Oui, dirent-ils en cœur, avec un espoir de trouver une nouvelle piste.

- Je vous raconterai une histoire à condition que vous me fassiez la promesse qu'après avoir résolu cette énigme vous veniez chez moi à notre retour, faire une fête et que l'on dansera toute la nuit !
- C'est promis : Un pour tous et tous pour un ! »

Otneil prit le temps de s'installer tranquillement et comme s'il était un conteur, il se mit à raconter l'histoire d'une autre voile solaire, celle-ci, différente. Elle n'avait pas de miroirs. Donc, elle ne pouvait pas renvoyer de lumière sur la Terre. Une voile solaire, un peu comme celle qui avait permise à Elsa de se mettre en orbite juste avant la station.

« Cette voile solaire était beaucoup plus grande.
Cette dernière, Cosmos – 1, a été lancée en 2005 à 840 km au-dessus de la Terre.
La mise en orbite n'a pas pu se dérouler normalement.
Elle n'a pas non plus traversé l'atmosphère pour se désintégrer.
Cosmos – 1 est sans aucun doute encore en orbite, mais pas sur son orbite de travail, pas sur l'orbite prévue au départ.
- OUAHH !!! alors là, c'est sensationnel, ce que tu proposes comme piste. Fred peux-tu te lancer

dans des calculs pour envisager un retour sur le passé et retrouver sa trace ?
- Pas de soucis, je vais rechercher son spectre. Depuis 2005, dis-tu ? C'est parti !!! Nous aurons la réponse dans quelques instants. »

Pendant leur discussion, les deux capsules attachées en vaisseau avancent toujours en direction de Mars. Or, peut-être n'auraient-ils pas à y aller.

Charlie se repose, tranquille et confiant. Midori se repose également. Elle doit prendre le relais après Otneil.

Tout est redevenu calme et chacun attend la réponse : l'image de l'ordinateur quantique, image qui situerait la trajectoire de Cosmos-1 et « peut-être », comme dit Fred, « peut-être » l'objet recherché.

Avec un peu de chance, le résultat tomberait au moment de la relève et ainsi l'équipe au complet pourrait en parler, et chacun pourrait donner son avis.

Elsa regarda devant elle... l'Univers à perte de vue. Une myriade d'étoiles lointaines... des milliards d'années-lumière.

L'Univers en expansion... entre rêve et réalité.

La moto volante

CHAPITRE V

LA POURSUITE DE LA MOTO VOLANTE

Cela fait une heure que l'équipe au complet a pris la décision de choisir cette piste. Rechercher Cosmos – 1 dans l'espace.
Il se peut que soit Znamia, ou peut-être Cosmos – 1, en passant devant le soleil, aient été suffisamment éclairées pour projeter de la lumière sur la terre.

L'ordinateur semble situer son spectre entre la Terre et Mars.
Ils décident donc d'aller à sa rencontre.
Avec son télescope Elsa reçoit des images en perspective et elle a un panorama à 360 degrés.

Charlie a mis en fonction sa caméra équipée de miroirs panoramiques avec une vue également à 360 degrés.

Brusquement, Charlie et Elsa aperçoivent un objet gros brillant, et aussi, une moto volante.

Celle-ci a un corps fuselé comme une fusée et en dessous, elle comprend deux grandes roues d'un diamètre impressionnant.

L'engin parait immense et file à vive allure.

Vont-ils pouvoir le rattraper ? Que viennent-ils faire dans cette partie de l'espace ?

Si la moto passe devant l'objet cherché, la coupole, le risque est grand pour eux d'être désintégrés. De plus cela peut créer une perturbation encore plus grande sur les forces d'attractions et donc déstabiliser un peu plus les plaques tectoniques. Le risque déjà majeur, mais localisé, deviendrait plus menaçant, car il serait obligatoirement éparpillé plus loin, de par la déflagration de l'engin.

Ils doivent donc dépasser la moto volante pour obliger le conducteur à modifier sa direction. Pour Charlie et Elsa, il est clair que leurs capsules assemblées ensemble, avec en plus le ballon arrimé à leur vaisseau, ils ne peuvent pas avancer aussi vite que la moto volante. Non, impossible de les dépasser.

Charlie décide de séparer les capsules et demande à Elsa si elle est prête à les poursuivre seule, afin de les dépasser. Lui suivra avec le ballon qui contient les instruments de précision.

Pendant qu'Elsa irait à leur rencontre, il mettrait en place un fil de nylon avec les deux robots, afin de capter et stopper la coupole dans sa course. Qu'en pense-t-elle ?

Elsa approuva.

Charlie amène U.Man près des attaches pour qu'il les dévisse. Puis Elsa commence minutieusement à procéder à la séparation. Il faut commencer par faire rentrer les attaches sur les côtés puis ensuite séparer la coiffe de la capsule avant, et cela doucement pour ne pas provoquer de mouvements brutaux.

Elsa lance un message radio à Charlie :
« O.K. Je pars. »

Elsa envoie un signal à Zorba :

« Elle part immédiatement en mission. Ne pas la déranger quoi qu'il arrive dans la maison. »
Un signal en réponse lui fit comprendre que le message a été reçu.

Elle actionne un bouton sur son tableau de bord ; il lui faut faire appel aux dernières découvertes sur les tuyères et elle a un système de plasma à supraconducteurs qui lui permet d'avancer plus vite que les tuyères classiques ou même « d'aérospike ».

Elsa appelle Otneil avec le laser pour qu'il demande immédiatement à Fred de faire des calculs sur sa position, sur celle de la moto volante et de la coupole.
Non seulement elle devait les dépasser, mais elle-même ne devait pas passer dans le faisceau lumineux sous peine d'exploser.
Il lui fallait le trajet le plus court et le calcul devait dire où elle devait s'arrêter pour ne pas entrer dans le champ lumineux de la coupole.

Charlie de son côté, fait appel à Yvan.
« Peux-tu m'aider à me positionner de chaque côté de la coupole ? Je vais mettre le robot X.T de Midori le plus loin possible, car il pourra traverser

la lumière sans être dérangé par la chaleur. Le robot X.T tendra un fil de carbone résistant à la chaleur, et moi, je me positionnerai de l'autre côté du disque et j'utiliserai U.Man pour maintenir l'autre partie du fil. »

« Il nous faut absolument accrocher ce disque des deux côtés pour le décaler ; ainsi, en le décalant de quelques centimètres avec la distance qui le sépare de la terre, cela sera suffisant pour que la lumière tombe sur la partie en dehors de l'atmosphère terrestre et il n'y aura pas de perturbation. Entendu, demande Charlie ? Donne-moi mes positionnements dès que possible. »

Yvan se met à pianoter sur son ordinateur quantique. La réponse parue en 1/10 000 000 de seconde.
Il transmet en simultané le message sur le tableau de bord de Charlie.

« Si tu as besoin que je prenne les commandes de la capsule pendant que tu donnes les directions au robot XT et à U.Man, pas de soucis. Je suis disponible à cent pour cent.

- Merci Yvan. J'appelle Midori, elle va programmer son robot X.T avec les informations que tu viens de me communiquer. Moi, je m'occupe de U.Man. Pour avoir plus de précision, c'est en effet préférable que tu prennes les commandes de ma capsule, d'autant que tu auras les données pour les lieux où je dois me trouver par rapport au disque.
- O.K. Je vais te donner la main pour la capsule. »

Charlie donne les instructions sur son tableau de bord. Il prend la télécommande pour faire sortir U.Man du ballon « citrouille », tout en envoyant un message audio à Midori.

« Dans cinq secondes, tu prends en main, ton robot X.T. Il devra emmener avec lui le fil de la bobine que tiendra U.Man ; il faut tendre le fil devant le disque en verre, puis le fixer sur un des côtés du disque, dès que possible. Enfin, le robot U.Man pourra lui aussi fixer le fil sur l'autre partie du disque et nous ferons déplacer ce disque de quelques centimètres, avant de le ramener sur terre.

Elsa est en communication avec Otneil ; Fred fait les calculs pour qu'elle puisse se positionner

devant la moto volante. Cela va être difficile, cette moto a de bons propulseurs et semble en posséder quatre. Heureusement, avec notre supercalculateur de Fred, cela devrait aller parfaitement.
« On y va pour XT ? demande à ce moment Charlie à Midori.

- Oui, on y va. »

Chacun est à son poste conscient des enjeux. Pendant qu'ils font leurs calculs et qu'ils agissent pour éviter la catastrophe, en bas, sur la terre, tout est calme. Les gens dorment dans la partie noircie de la terre, sans se douter qu'il pourrait y avoir une lumière et une chaleur brutale qui s'abattent sur eux dans quelques heures. Cette lumière perturberait le fonctionnement de la lune, de son attraction, et la chaleur dégagée pourrait allumer des feux de forêts, voire provoquer la fonte des glaces en Antarctique, peut-être même créait une pression sur les plaques tectoniques et sans doute des séismes. On ne pouvait que supposer les conséquences les plus probables… Certaines, non évidentes, voire même inconnues.
« Inutile de prévenir les populations, avaient dit les responsables de la cellule de crise. Personne

n'aura le temps de s'enfuir et de plus, la seule action possible est dans l'espace. À vous de jouer. »

Charlie place le robot X.T sur le départ, après lui avoir introduit le fil qu'il doit dérouler pour créer une attache de la coupole. U.Man est sorti du ballon et tient à présent la bobine de fil en position pour que le filin se déroule facilement en fonction de l'avancée de X.T.
Charlie indique sa position à Midori et lui dit qu'il est prêt avec U.Man.

Midori se met à son poste pour programmer le déplacement de X.T. Celui-ci avance dans l'espace et devient rapidement un petit point, puis disparaît dans l'immensité ; cependant, Midori ne le perd pas de vue. Sur son ordinateur elle suit son parcours. X.T avance très rapidement et se déplace facilement malgré le filin de carbone. De son côté, comme un métronome, U.Man déroule la bobine de fil. La capsule avance doucement, guidée par Yvan, en poste sur terre.

Charlie surveille le bon déroulement de l'opération. Celle-ci est vitale. Elle doit réussir impérativement. Aucune erreur n'est permise. La vie de plusieurs personnes dans une dizaine de pays est en jeu. L'espace est empli de silence et face à Charlie brillent la Voie Lactée et des amas d'étoiles.

Charlie se permet une fraction de seconde de penser à sa femme et à ses deux enfants.
Ils étaient sans doute endormis comme tous les habitants plongés dans la nuit. Ils ne se doutaient de rien. Sa mission est tenue « secret-défense » et il ne peut pas leur en parler. Seule, son équipe sait l'importance de cette mission. Eux aussi devaient se dire qu'il fallait réussir.

Elsa poursuit la moto volante. Ce doit être des touristes de l'espace. Les roues de la moto correspondent à deux hôtels volants.
En effet, Elsa se rappelle l'histoire d'un professeur de mathématiques qui inventa le terme de station spatiale ; Comment s'appelait-il ? Ah, oui ! Hermann !!! Hermann Oberth. Il avait imaginé la forme d'une roue de 50 m de diamètre pour recréer une pesanteur artificielle dans ce vide spatial. Il voulait faire tourner la roue autour de son axe afin de créer une force centrifuge suffisante pour simuler une pesanteur artificielle.

À la vue de cette moto volante, Elsa n'en doute pas. Il s'agit bien d'hôtels pour tourisme spatial. Il doit y avoir au total plus de cent soixante personnes, plus le personnel qui se relaye dans les capsules fuselées. Une bonne quarantaine en plus. Un monstre de l'espace, et qui plus est, va très vite. La bête doit comporter les nouvelles technologies de pointes, entre l'ordinateur quantique et les systèmes ioniques. Quelle chance, un jour ils iront sur Mars.

Un instant, Elsa oublie le danger qui se profile. Elle avance près de la moto volante, elle s'en approche régulièrement. La légèreté de sa capsule lui permet d'avancer plus vite que la moto volante. Derrière les hublots, elle aperçoit des touristes qui la regardent incrédules.
« Que fait ce petit spationaute dans l'espace ? »

Elsa sait que les touristes sont des hommes d'affaire, très riches et qu'ils s'offrent l'espace, comme d'autres s'offrent le camping.
Elle est à leur hauteur. Il lui faut entrer en contact.
Elle lance un appel. Personne ne répond.
Un deuxième appel plus net. Fred vient aussi de lancer un appel avec son ordinateur quantique.

Cette fois, ils sont entendus par le conducteur de la moto.

« Que se passe-t-il ? J'ai des passagers et je ne dois pas prendre de retard.

- Je viens de la Station Spatiale Internationale et je vous signale un danger immédiat. Veuillez faire demi-tour sous peine d'être désintégrés par une lumière inhabituelle. La chaleur dégagée peut détruire vos instruments et vous ne pourrez plus vous repérer dans l'espace.

- L'homme écoute, perplexe.

- Je vais tenter de m'arrêter, mais c'est un gros paquebot et je ne peux pas lui faire faire un demi-tour comme cela.

- Déviez votre trajectoire sur la droite, ordonne Fred. Je vais vous guider. »

Comprenant que le moment est grave, l'homme appelle du renfort. Il donne des ordres pour faire dévier la moto volante. Il a compris.

Pendant ce temps, Charlie continue à faire dérouler le filin par U.Man et le robot X.T avance régulièrement. Il passe devant une lumière éblouissante et son passage laisse comme un petit trait noir. Heureusement pour Elsa, elle a les lentilles qui la protègent des rayons lumineux.

Fred avait demandé au conducteur de la moto de fermer tous les hublots. Les voyageurs sont dans le noir le plus complet, sans comprendre que leur vie est en danger.

Le commandant de bord a demandé à ce que l'on programme des animations.
En effet, les voyages touristiques sont longs et pour les distraire il y a des animateurs. Les voyageurs ne sont donc pas trop surpris, quoique le programme semblait être annoncé plus tard. Mais dans l'espace, le temps n'est pas le même. Alors comme ils n'ont pas l'habitude, ils se disent que c'est à cause de l'espace-temps.

Le commandant a précisé de commencer par une animation avec des danses, ensuite un concert puis un film si nécessaire ; il est inquiet. Tourner la moto dans l'autre sens ne peut pas se faire sans avancer un minimum. Ils allaient à vive allure et ils ne peuvent pas stopper l'engin. Il comprend qu'ils approchent dangereusement de la zone.

Pendant ce temps, Fred s'active ; il recherche un spectre. Il lui faut en trouver un, gigantesque, qu'il pourra peut-être suspendre devant l'objet ou les objets lumineux… il cherche, ou plutôt son ordinateur fait des recherches. Les moteurs tournent à fond. Chacun scrute l'espace sur son écran d'ordinateur ou avec son télescope.

CHAPITRE VI

UN ÉLÉPHANTEAU VOLANT

Elsa guide la moto volante, elle est devant eux, et comprend qu'elle se rapproche dangereusement de la coupole lumineuse, cet objet dont ils ne connaissent pas pour l'instant l'identité.

Charlie imperturbable continue de manœuvrer. Le fil est passé depuis un moment devant l'objet. Il s'agit maintenant de le fixer sur les bords de la coupole, en supposant c'est une voile solaire, avec une bordure en forme de cercle.

Midori lui transmet un message.
« Pas de soucis, il y a bien une bordure en forme de disque et X.T vient de fixer le fil.
- Bien reçu. Je vais amener U.Man de l'autre côté du disque. Je maintiens une distance suffisante pour ne pas accrocher la moto volante, ni Elsa. Ils ont commencé à manœuvrer mais cela n'a pas l'air facile. L'engin est un vrai paquebot de l'espace ! Peux-tu demander à Fred ou à Otneil de

me dire où ils en sont du spectre ? En ont-ils trouvé un ? »

Midori maintient le contact avec son robot et pose la question à Fred qui est près d'elle.
« As-tu un contact ? »

Fred est tendu. Rien pour l'instant, sauf, peut-être… il lui vient une idée à laquelle il n'avait pas pensé tout de suite. Il a récemment fait implanter sur la paume de sa main, une puce ultrafine, électronique pour communiquer avec un ami qui se trouve au Chili… et qui est un spécialiste des spectres.
A peine a t'il mentalement pensé à cet ami, que la communication est établie. Cet implant, une invention japonaise des années 2010, reprise en 2030 et améliorée, est une puce ultra fine sous la peau, qui capte les pensées contenues dans son cerveau, et passe à l'action pour lui.
« Hello, Fred tu viens de m'appeler. Tu veux savoir où trouver un spectre assez grand pour servir de cache-lumière dans l'espace, d'après ce que j'ai compris ? »

« Hello, Michel. Content de te joindre aussi rapidement. Oui, il me faut un spectre très large, pour cacher une lumière intense de 200 mètres de diamètre au départ et qui ensuite se diffuse, à priori, avec des miroirs. J'ai retrouvé la trajectoire sur laquelle se déplacent les objets. Il me semble qu'il y en a deux, collés ensemble. Nous devons faire vite, sinon cette lumière va interférer avec la nuit et risque de brûler des zones terrestres… Nous avons tendu un fil, grâce à nos deux robots et aussi parce qu'il y avait au moins un disque sur les objets. Que proposes-tu ? »

Michel comprend tout de suite la gravité de la situation ; il est déjà intervenu dans plusieurs cellules de crise, au moment d'événements climatiques graves. Il anticipe la catastrophe que cela peut provoquer. Il connaît le procédé de communication simultanée et demande à Fred si l'un d'entre eux ont ce procédé à disposition.

« Oui, Elsa, seulement elle n'est plus dans la station spatiale, elle est à côté des objets perturbants.
-D'accord, c'est mieux dans ce cas. Et à qui est-elle reliée, et par quoi ?
- Il me semble que c'est avec Pitit, le robot de Yvan…

- Parfait, dans ce cas, laisse-moi m'organiser. Je gère la situation avec Youri et Valentina sur la base en Antarctique ainsi qu'Elsa. »

Michel appelle immédiatement une de ses connaissances.
« Hello, Nell ? Il me semble que tu disposes d'un spectre d'oreille d'éléphant ?
-Exact. D'un spectre d'oreille d'éléphanteau plus précisément. Tu en as besoin ?
- Pas moi directement : C'est plutôt Youri dans leur base vers l'Antarctique qui en a besoin très vite.
- Facile pour moi ! Je suis justement en mission dans le coin ; j'aurais plaisir à les revoir. C'est O.K ; je te tiens informé dès que je lui aurai livré le spectre.
- Super ! Tu me donnes la suite, dès que possible. À bientôt ! »

« Allo, Youri ? Ici, Nell, j'ai une mission dans le coin, et en plus, Michel m'a dit que tu avais besoin de mes services ; J'ai un spectre d'éléphanteau volant. Vous pourrez l'accrocher sur le filin. Il est vraiment le plus grand de ceux que j'ai à disposition.

- Incroyable ! C'est fantastique que tu sois dans les parages. O.K. passe tout de suite. Valentina ne va pas tarder à me relayer. Nous aurons besoin d'elle.
- Oui, je vous aiderai à le positionner en fonction du filin que Charlie et Elsa ont installé. »
Nell se dirige à travers la neige et la glace près de la station. Quand il arrive, Valentina est présente avec Youri.
« Merci, Nell, dit Valentina. Il nous faut passer immédiatement à l'action. J'ai eu le Président de la République Française, il commence à dire qu'il en a assez de la Russie, et que nous ferions bien de nous tenir tranquille. Il est prêt à mettre en place les services des armées européennes. Il est persuadé que c'est une attaque volontaire pour détruire une partie de la population afin de prendre le pouvoir économique sur l'Europe. Une sorte de vengeance de ne pas avoir consommé du gaz russe.
- Bon, en quelque sorte, tu viens de me dire qu'en plus du vrai problème, il se trame un problème diplomatique. Ils nous font suer ces dirigeants. »

Ils sont consternés d'avoir à résoudre un problème supplémentaire, comme si c'était le moment.

« Tiens, Youri. Voici le spectre. Il semble que tu as un lien quantique, avec Elsa.
- Non, ce n'est pas moi qui ai le lien, sourit Youri. C'est Pitit. Il lui a fait du charme et maintenant elle ne peut plus se passer de lui !
- O.K. et où est Pitit ?
- Ici, dit Youri en montrant son écran. Yvan m'a dit d'envoyer Pitit rejoindre Elsa.
- Parfait. Nous allons donc programmer Pitit pour qu'il se charge du spectre et qu'il puisse l'étendre sur la longueur exacte du filin. Nous allons tendre un fil ici, comme si c'était le filin qui retient la coupole. D'accord ?
- D'accord. »

Youri et Valentina tendent immédiatement un fil de 2 mètres. Cela prend quelques minutes. Avec le zoom, ils agrandissent pour avoir une représentation réelle de 200 mètres.
Nell détermine l'emplacement et la dimension du spectre en fonction du filin.

Elsa, pendant ce temps, continue à diriger la moto volante.
Charlie et Midori commencent à lancer des impulsions pour déplacer les deux objets. Rien ne

se passe. Les objets résistent ; ils ne parviennent pas à les faire bouger de quelques centimètres...

La tension monte. Charlie a conscience qu'Elsa est très près et risque d'être brûlée par les rayons lumineux, voire d'être disloquée. Il redoute l'accident.
Elsa fait son possible pour amener la moto volante dans le lieu le moins risqué et espère que Charlie va parvenir rapidement à déplacer l'objet brillant. Elle commence à sentir la chaleur, malgré sa fine protection censée la protéger.

Youri et Valentina ont terminé d'installer le fil. Nell leur demande de joindre rapidement Elsa.

« Le plus rapide, c'est de passer par Otneil, dit Valentina, qui est la chef des équipes au sol. Il peut communiquer par ondes lumineuses et ils ont tous les deux des protections sur leurs paupières. Ils connaissent aussi le morse.
- O.K. Passe-moi Otneil. »

Une seconde plus tard...

« Hello, Otneil. Préviens immédiatement Elsa que je vais faire parvenir un spectre d'un éléphanteau volant, par le lien qu'elle a avec Pitit.
Elle n'a rien à faire, c'est nous qui dirigeons l'opération à partir de Pitit. Elle devra juste actionner son lien pour que cela fonctionne. Reçu ?
- Reçu. »

Otneil, pour aller plus rapidement, transmet le message par télépathie à Elsa.
Elsa bien qu'en pleine action, entend le message d'Otneil et comprend qu'elle va être aidée. Elle actionne le lien tout en dirigeant la moto, hors du champ des objets.

Il était temps : les brûlures commencent à se faire sentir.

Elle perçoit une légère fraîcheur et une ombre vient couvrir les objets lumineux.

Elle continue à diriger ceux de la moto volante avec prudence. Ils ne doivent pas passer dans le spectre ; elle va donc les guider pour qu'ils frôlent l'image tendue, sans la toucher.

Elsa sait qu'ils vont passer à quelques centimètres du spectre. Elle a confiance, le conducteur de la moto semble un expert et il obéit à ses ordres et à ceux de Fred.

Cette fois, la moto volante est bien tournée dans l'autre sens. Ils vont se diriger vers la station spatiale ; cela donnera un but touristique… et ensuite ils pourront repartir vers une autre destination que Fred leur a suggérée.

Cette fois, Elsa regarde. Derrière elle se dresse un immense spectre d'une oreille d'éléphant de 200 mètres. « Merveilleux » se dit-elle. Ils ont réussi une première étape et en plus, ils viennent de réaliser la formidable avancée en technologie de ces mises en lien quantiques. Une action réalisée ailleurs et qui se reproduit en instantanée à un autre endroit, grâce à cette liaison. Quelle précision dans un espace aussi grand !

Le commandant de la moto volante a lui aussi assisté à la scène extraordinaire ; il avait mis des lunettes de protection solaire. Il est encore saisi par ce qui vient de se passer et par cet événement quasi miraculeux. Il s'en rappellera longtemps de ce premier voyage pour tourisme spatial.

Charlie aussi a observé la manœuvre et il est émerveillé ; toutes ces nouvelles technologies sont fantastiques. Sans elles, ils n'auraient pas réussi à déplacer les deux objets collés. Il semble qu'une force les maintenait dans une zone précise. Heureusement le filin avait, lui, tenu et avait permis d'installer cette « supercherie ».

Il sourit. Vraiment qui aurait imaginé un tel exploit, il y a dix ans de cela ?
Charlie est satisfait. Il accomplissait ce pourquoi il avait choisi ce métier. Protéger le monde, la terre des dangers de la connerie humaine.
Il est vrai que dans les années 2012, il y avait eu des projets pour envoyer des « occulteurs déployables » pour cacher la lumière des étoiles et dévoiler les planètes.
Charlie venait de vivre en réalité ce vieux rêve…
Il regardait l'image de ces oreilles d'éléphanteau.
Ce spectre transféré dans l'espace et qui parvenait à cacher la lumière violente des divers objets collés.

Il s'agissait maintenant de décider de ce que l'on allait faire de ces objets.
A ce moment, Fred lui envoie un message.

« Mission réussie à moitié pour ce qui est de l'espace ; perdue en entier pour ce qui est de la Terre… En bas les dirigeants de différents pays sont en train de se passer des empoignades et de se menacer les uns les autres. Ils sont incompétents sur toute la ligne, bordel ! »

Il est rare que Fred se fâche ainsi. Cela devait chauffer, et cette fois pas à cause de la coupole.

Charlie se doute des discussions à n'en pas finir, du style : *"il nous faut connaître les responsables. Qui a fait quoi ? Comment empêcher que l'on nous menace… ?"*

Seulement leur répondre quoi ? Y avait-il eu une menace volontaire ? A quoi était dû cet agglomérat qui produisait de la lumière au moment où sur terre, il faisait nuit ?

Au lieu de partir en guerre, les dirigeants feraient mieux de se solidariser pour mettre en place des solutions, cela limiterait les erreurs et les controverses.

Charlie les voyait déjà s'écharper comme des gamins dans une cour d'école primaire. Cela devait correspondre à leur âge mental. Franchement ! Il sera obligé de passer des heures et des heures devant leurs commissions à supporter leurs interrogations. Ils auraient des soupçons sur les uns ou les autres ; il devait bien y avoir des fautifs. Toutes ces heures pendant lesquelles, ces élus étaient rémunérés à discuter, discuter, et surtout à déformer la réalité. Il leur fallait un coupable. Ils lui demanderont sans cesse, qui d'après lui avait envoyé cette coupole dans l'espace ? Cela n'en finirait pas, pendant des heures et des heures. Sans doute Valentina aussi serait-elle convoquée, vu que c'est elle qui dirige le centre en Antarctique. Et elle aussi, devait déjà penser à tout ce temps perdu.

Il ne se rappelait plus qui avait dit :

« *Il y a les parleux et il y a les faiseux .... Et bien nous, nous sommes les faiseux* ». Il lui semblait se rappeler qu'il s'agissait d'une secrétaire d'état, sorte d'adjointe d'un ministre… Combien elle avait eu raison. Bien vu. C'était souvent ainsi.

CHAPITRE VII

LE TROU NOIR

Charlie essaye de déplacer à nouveau les objets collés entre eux ; et cette fois, il observe un léger déplacement. En effet, la chaleur ayant diminué de part ce grand drapé que faisait l'éléphanteau, spectre volant, les objets avaient refroidi et en conséquence, comme toute masse dans l'espace, lorsque l'ambiance extérieure est très chaude, les objets sont ralentis, et dès que la température ambiante diminue, le déplacement peut s'accélérer.

C'est ce qui venait de se passer.

Charlie guide U.Man pendant que Midori donne des ordres de déplacements à X.T.
Ils arrivent au décalage souhaité au début de l'opération.

Quel soulagement ! Cependant, ce n'est que la première partie. Il est nécessaire de faire disparaître ces deux objets, voire trois objets perturbants pour que cela ne se reproduise plus.

Il y a aussi cette problématique des dirigeants.
À cause d'eux, il fallait connaître avec exactitude quels étaient ces objets et expliquer pourquoi ils se trouvaient là, dans cette trajectoire. Et cela était sans aucun doute la partie la plus pénible à réaliser. Si cela avait été possible, Charlie se serait bien passé d'eux et même il aurait pu leur dire de s'occuper d'autre chose.

Impossible, bien entendu. La vie de la Station Spatiale Internationale dépend entièrement des subventions que les autorités de différents pays allouent pour la recherche spatiale… et en plus, comme ils étaient partis sur l'idée d'un complot, ils allaient tout bonnement mettre leur investissement dans la défense, plutôt que dans la recherche spatiale.

« Des illettrés ! Tous des illettrés ! pense, songeur, Charlie. Les élus ne savent penser qu'en terme d'économies et de finances. Ils n'ont aucune connaissance scientifique. Avant d'être élus, ils devraient avoir l'obligation d'acquérir des connaissances scientifiques dans divers domaines,

spatial, environnemental, agricole, entrepreneurial, …, cela limiterait les décisions aberrantes. Les autorités utilisent des prismes déformés pour chercher la réalité.
Et dire que ce sont eux qui nous dirigent !
Inversement, les scientifiques, eux, utilisent des instruments d'optique très précis. Il ne s'agit surtout pas de se tromper de chemin même s'ils gardent la nuance avec un "peut-être". »

Charlie soudainement se dit :
« Heureusement que je ne suis pas relié … sinon, ils auraient entendu mes pensées ! » Il sourit.

Cependant, il est contrarié. Toutes les nouvelles technologies qui avaient signé des avancées, toutes étaient récupérées pour en faire de la surveillance pour la « sécurité » des peuples, du moins officiellement. Tous ces procédés qui étaient créés pour faciliter les actions et prévenir des dangers étaient toujours détournés pour en faire des armes de guerre et de contrôle.
Lorsqu'un État abandonnait une arme, c'est parce qu'il en avait créé une, plus performante.
Toujours pour contrôler, superviser les autres pays. Cette logique, implacable, désolait Charlie.

Oui, il avait lu dans sa jeunesse, le livre « *Brève histoire des empires* » de Gabriel Martinez-Gros. Cette analyse des sociétés et de leur fonctionnement répétitif était résumée ainsi :
« *Comment ils (les empires) surgissent et comment ils s'effondrent.* ».

Les empires dominent presque la moitié du monde, puis ils s'effondrent, en raison soit des épidémies, soit des guerres, soit des phénomènes extrêmes...
Au moment de l'effondrement, il y a un recul de la population en nombre, des villes, des autorités centrales, de la monétarisation… c'est le retour à la vie tribale.
Et, semble-t-il, nous en étions toujours là !

Perdu dans ses pensées, Charlie en oubliait de s'occuper de U.Man, et ce fût Midori qui le rappela :

« Charlie ! Est-ce que tout va bien ? Tu t'es endormi ? Es-tu fatigué ?
- Pas de soucis, Midori. Vraiment, cela me fait plaisir d'entendre ta voix. Je vais rentrer. Il me semble que nous pouvons laisser le spectre et les

objets sur leur orbite et qu'ils sont stationnaires. Qu'en penses-tu ? »

Charlie terminait souvent ses propositions d'action par, ces mots : « Qu'en penses-tu ? ». Il lui importait de connaître l'avis de son équipe.

« Effectivement, confirma Midori. Fred vient de finir les calculs pour localiser les objets et le spectre ; on peut les laisser et les disposer ainsi au moins quelques temps, le temps d'étudier la meilleure solution pour les détruire ou les renvoyer sur terre. Nous t'attendons tous ici, dans la station. »

Charlie tout en revenant vers la station se dit :
« Les éduquer, c'est cela. Les éduquer à la Paix. »

D'ailleurs sa femme avait fondé une association pour créer un Musée Européen d'Éducation à la Paix. (M.E.E.P.) et elle avait proposé aux autorités de l'installer sur un ancien site militaire, histoire de bien implanter l'histoire dans un site chargé d'histoire, l'ancienne Manurhin, à Bellerive sur Allier, près de Vichy.

Peut-être avait-elle raison. Malgré tout, il pensait que sa femme était trop optimiste ; c'était sa nature. Son rêve d'améliorer le monde était le même que le sien ; cela les unissait et aussi leur donnait la force de tenir face à ces mouvements changeants de politique.

Garder l'espoir. C'était aussi la devise Bourbonnaise d'Elsa qu'elle se plaisait à répéter : « Garda rem Allen », cette devise le faisait rire. Le mot Allen qui ressemblait à Aliens !!! Charlie se remit à sourire et s'endormit après avoir confié la conduite de sa capsule et du robot U.Man à Valentina.

Enfin, ils sont de retour dans la Station Spatiale Internationale. (I.S.S.) Ils vont se retrouver pour se questionner sur les meilleures options à choisir pour détruire ou pour détourner les objets de leur trajectoire.
D'abord repérer de quels pays ils venaient. Sinon, les dirigeants leur reprocheront d'avoir effacé les indices qui permettaient de déterminer un ou des coupables.

Quelles décisions allaient-ils prendre ?

Cette attente augmentait les risques d'un retour à l'anormal, et aussi ajoutait une difficulté supplémentaire, celle de trouver les informations les plus probables et les prouver.

Fred continuait de faire les calculs sur son ordinateur. Elsa regardait avec son télescope infrarouge. Otneil suivait les débats et partait de temps à autre rendre visite à ses plantations. Midori restait impassible ; elle avait la faculté de se tenir dans une écoute et une présence forte.

C'est Elsa qui rompit le silence.

« Je viens de voir l'un des objets. Il s'agit bien de Znamia 2,5. ; heureusement que tu m'as passé des lentilles, Otneil. J'aurais pu être éblouie et avoir les rétines brûlées. La lumière est aussi intense que celle du soleil. Par contre, le satellite a dû entrer en collision avec Cosmos-1 et ils se sont soudés, à moins que ce ne soit un autre satellite… ? Je ne suis pas parvenue à les distinguer en raison de la lumière que génère Znamia. »

« Ah, mince, dit Charlie. Cela va amener des conflits entre États. Ils vont encore s'accuser entre eux. On ne peut pas faire mieux. Les deux satellites sont russes. Cela augmente les déraillements ! »

Chacun se tait.

« Et si on parvenait à les séparer et à en envoyer un dans un trou noir ? Les trous noirs aspirent tout ce qui se trouve dans leur voisinage : lumière, planète, rayon X, ondes… Ainsi un des objets disparaîtrait à jamais, et il n'en resterait plus qu'un ; c'est plus facile à faire admettre, non ? » dit Otneil avec son immense sourire. Il venait de revenir et en observant ses plantations il avait songé à cette possibilité.

« Non. » répondit Fred. « Ils sont trop loin, cela prendra trop de temps. C'est très difficile à réaliser.
- Bon. Je propose d'emmener les autorités en voyage touristique dans l'espace et de les perdre dans un trou noir… et là, nous n'aurions rien à justifier » dit-il en riant, très content de lui.

Cela permit de détendre l'équipe qui reprit ses interrogations.
Comment faire pour éliminer tout danger ?

A présent, si Fred avait dit non, pour envoyer un ou les objets dans un trou noir, c'est que ce n'était pas possible… inutile de continuer à chercher de ce côté-là. Effectivement, le seul trou noir proche, était celui de la Galaxie !

« Pourrais-tu trouver d'où provient le deuxième objet ? » demande Elsa à Fred.
« Oui, peut-être. Il me semble avoir aperçu un élément qui m'a intrigué tout à l'heure. Je vais tenter de l'approcher davantage avec O.W.L. C'est un super télescope qui fonctionne avec une optique adaptative et on obtient des images cinquante fois plus précises qu'Hubble ; il me semble que Michel ou Georges devaient se rendre dans cette base. Je vais me mettre en contact avec la base.
- Hello ! Ah, non. Ni Michel, ni Georges ne sont ici. Ils viennent de prendre des vacances. Ici Roberts. Comment vas-tu Fred ? Que puis-je faire pour t'aider ?
- Nous cherchons à reconnaître et identifier un objet collé à un autre. Je te donne sa trajectoire pour que tu m'indiques les éléments précis qui composent ces objets.

Pour l'instant nous les avons localisés et bloqués en orbite stationnaire avec un spectre qui nous protège de la lumière intense dangereuse qu'ils peuvent émettre quand ils sont face au soleil.

- O.K. Tu veux que je regarde avec le télescope O.W.L. C'est parti. Je te tiens informé dès que je trouve une piste intéressante.

- Alors ? Dirent-ils tous ensemble, impatients d'avoir une réponse à leur question.

- Oui, peut-être. Roberts va regarder depuis son observatoire dans le désert d'Atacama au Chili. Sinon, nous pourrions faire appel au télescope LISA. C'est un satellite qui est relié par interféromètre aux autres satellites, il a été conçu en 2020 par l'équipe américano-européenne. Ainsi, nous serons certains des résultats. S'il s'agit d'un satellite russe qui s'est planté, ils nous le diront immédiatement, s'il s'agit d'un de leurs satellites, ils trouveront les raisons. Il suffit d'attendre. Si Roberts ne trouve pas, je le connais, il ne restera pas sans réponse, il est têtu, rien ne lui échappe et il fera appel à d'autres.

Ces télescopes sont extraordinaires. Ils modélisent en temps réel l'atmosphère afin de déjouer les perturbations dues aux remous de l'air.

- Pour le deuxième objet… dit Elsa. Est-ce Cosmos-1 ?

- Aucune preuve pour l'instant. Il pourrait s'agir d'un morceau de Rosat, qui serait resté dans l'orbite basse à moins de 1 400 km d'altitude, et ne serait pas revenu sur terre en même temps que la chute brutale du satellite en octobre 2013. En fait, sa dernière orbite, à ce moment-là, était au-dessus de Pékin et Rosat avait échappé à tout contrôle pendant douze ans.

Il était lancé à la vitesse de 29 000 km/h et il a failli s'abattre sur Pékin. En entrant dans l'atmosphère, c'était une boule de feu. Il est heureusement tombé plus loin, à sept minutes près.

A chaque augmentation de l'activité solaire, le rythme s'accélère. Cela provoque de brusques pertes d'altitude des objets qui sont en orbite basse. C'est un sérieux problème, personne n'a le moindre contrôle dessus. Aucun scientifique n'est capable de prévoir le lieu d'atterrissage de ces débris.

Heureusement qu'en 2035, nous recyclons les engins ou que nous savons les programmer pour qu'ils retournent au bon endroit ; Comme pour la fusée d'Elsa, qui se reconstitue et ainsi, ils ne restent plus sans fin dans l'espace. C'est pourquoi le deuxième objet que l'on cherche appartient aux années 1990 - 2025.

Les vaisseaux de cette période sont hors de contrôle pendant plusieurs années. Personne ne peut anticiper leur comportement dans l'atmosphère.
- Oui, repris Charlie, avec son sérieux habituel. Pour ces raisons, des lois ont été votées sur les opérations spatiales. Si la chute d'un objet spatial venait à provoquer des dégâts matériels ou humains dans un pays, le droit spatial prévoit des dédommagements financiers. Selon la Convention de 1972, la responsabilité revient à « l'État lanceur » de cet engin. C'est pour cela qu'ils nous obligent à récupérer les morceaux et à démontrer à qui appartiennent ces objets. Ils veulent faire payer les coupables supposés... »

Un signal se fit entendre... Roberts venait de prendre contact.

CHAPITRE VIII

LA BOULE DE FEU

« C'est O.K. On a trouvé. Il s'agit d'un morceau du satellite Japonais Adéos-2. Le plasma solaire des tempêtes géomagnétiques a provoqué des décharges d'électricité statique et a détruit les ordinateurs de bord. Ce satellite scientifique s'est perdu dans les années 2003… Il semble que ce soit une partie de ce satellite qui serait entré en collision avec un morceau de Znamia 2,5.
- Eh bien, ça va fumer sec avec les autorités ! »

Midori ne disait rien. Comme toute japonaise, dès que son Gouvernement semblait responsable d'une mauvaise action, c'est la population entière qui en était responsable. Elle se sentait donc évidemment responsable de cette situation. Sa culture, son éducation, elle l'emmenait avec elle. Comment l'aider à prendre du recul et à ne pas se culpabiliser ?

Otneil lui explique qu'après tout, le satellite, non seulement n'était pas tombé sur la Terre et qu'en plus, ce n'était pas lui qui émettait de la lumière ; c'était Znamia 2,5 qui possédait des miroirs pour réfléchir la lumière du soleil sur la terre….

Cela calma un peu la douleur de Midori.

« Et, ajouta, Elsa, c'est ton robot japonais X.T, qui a permis de l'accrocher et de déplacer les objets. Sans lui, nous n'aurions pas pu sauver les personnes qui étaient dans la moto volante, ni les personnes qui auraient subi les séismes sur la terre, en raison des effets produits par la chaleur et la lumière que renvoyait Znamia 2,5. »

Midori fit, oui, d'un clignement de ses yeux et un imperceptible hochement de tête. Elle approuvait ce raisonnement et rassurée, son calme intérieur revint.

A présent, de nouveau, ils se mirent à réfléchir sur les diverses techniques qui existaient.
« Il y a le pousse – pousse, dit Otneil. Une fusée pousse les objets pour modifier leur orbite, jusqu'à ce qu'ils tombent dans l'atmosphère ; et ensuite cela fera peur à toutes les autorités parce

que personne ne saura où les éclats vont tomber, et nous, on les regardera et on s'amusera de leur prise de décision à l'emporte-pièce. »

Otneil ne manquait jamais un moment pour détendre l'ambiance.
« Ce système existe, dit Fred. C'est trop complexe à manœuvrer. C'est un peu comme les gouvernements, tu ne sais pas de quel côté ils vont pencher ! »

Midori reprit, cette fois complètement détendue :
« Il y a le laser à haute énergie. Il creuse petit à petit les objets ; il semble que les deux objets sont juste dans la bonne dimension, c'est à dire qu'ils ne doivent pas dépasser 200 mètres de diamètre.
- Oui, pourquoi pas, dit Fred. Cela est une bonne proposition, cependant le risque c'est la durée et les déplacements liés au changement de masse des objets. Leur attraction sera différente.
- Alors, il y a la pichenette, continua Otneil. Une fusée qui envoie une ogive nucléaire à proximité. L'énergie ainsi envoyée modifiera la trajectoire des objets, sans les détruire.
- Il reste quelques dangers ; parfois cela retombe dans l'atmosphère en plusieurs éclats. Cependant, si nous ne trouvons rien d'autre...

- Nous pourrions utiliser la foreuse avec U.Man ; il éjectera les fragments dans l'espace au fur et à mesure… annonça Charlie.
- Oui, pourquoi pas. Dans tous les cas, nous détruisons les preuves. Et si les autorités nous demandent de les informer précisément sur l'identité des satellites, ils n'auront pas de cesse de nous le reprocher.
- Est-ce que vous connaissez le billard cosmique, demanda Elsa ? C'est une fusée qui propulse en direction des objets menaçants, un autre objet. Cela dépend de la masse. Ensuite, il faut être extrêmement précis. Par contre, il me semble que c'est limité à des diamètres de 100 mètres maximum.
- Intéressant, continua Fred. Le problème reste identique en ce qui concerne les autorités.
- Et avec la voile solaire ? Comme elles sont poussées par l'énergie du soleil, et qu'à présent il s'agit que d'un agglomérat de poussières de satellites divers et variés… on pourrait l'assembler avec une autre voile solaire que l'on activerait depuis la station spatiale.
- Oui, peut-être. Cette méthode serait plus douce. Nous n'avons pas résolu pour autant la problématique de ramener les objets sur terre en bon état, afin de leur faire faire le constat des

éléments qui composent cet amas d'objets hétéroclites. Nous restons dans la même démarche de désintégration, par des moyens diversifiés. Ce n'est pas satisfaisant.
- J'ai une autre idée, dit Midori prête à s'investir au maximum, pour que son pays ne porte pas la faute. Il existe un aérogel. C'est une matière très souple qui peut recueillir des cailloux sur Mars et cela permet de les emmener intacts sur terre, une fois qu'ils ont été recueillis dans les filets d'aérogel.
- Pas mal !!! dirent-ils tous ensemble.
- Excellent, dirais-je même, prononça Fred, admiratif.
- On y va ?
- On y va. Tous pour un et un pour tous. »

Soudain, une lueur violente traversa le hublot de la station ; mince ! Des comètes venaient de passer à des kilomètres de la station et les avaient éblouis. Ils virent la boule de feu parcourir le ciel et se diriger tout droit vers la terre. Ce devait être une météorite composée d'un noyau métallique. Elle parcourait le ciel à une vitesse vertigineuse.

« Espérons qu'elle tombera dans l'océan. Celle-ci doit être d'une bonne dimension, vu le panache qu'elle vient de laisser derrière elle.
- En tout cas, depuis la nuit des temps, aucune météorite n'a détruit de vie humaine. Elles tombent sur terre en faisant de gros cratères, mais n'atteignent jamais les hommes. Tant mieux. Nous ne savons pas pourquoi. C'est un phénomène étrange dit Charlie. Il y a environ entre 500 à 1 000 tonnes de météorites qui tombent chaque jour sur l'ensemble de la terre. C'est en permanence une pluie de minuscules poussières. Celle-ci par contre est plus grosse.
Pour l'instant, on ne sait pas où elles tomberont et on ne sait pas si elles feront des dégâts. Nous sommes des ignorants, et nous avons encore beaucoup à apprendre. Soyons modestes. » Conclut-il.

Puis, se reprenant :
« Bien, maintenant, il nous faut prévenir les autorités de notre décision. Nous optons pour la proposition de Midori et nous insisterons pour leur dire que c'est sa proposition. Qu'ils écoutent que ni les Japonais, ni les Russes ne leur ont pas tiré dessus. Tous d'accord ? Qu'en pensez-vous ?
- Tous d'accord. » dirent-ils, d'une seule voix.

- Nous proposerons aux autorités d'utiliser des mains bioniques. C'est un exosquelette. Cela nous aidera à porter les objets dans un cargo, puis ils seront ramenés sur terre. Ainsi, ils pourront les observer à leur guise, connaître leur provenance et délibérer entre eux, sans nous, proposa Fred.
- Parfait, dit Charlie, enfin délivré de ce poids des responsabilités étatiques. On lance les appels pour faire les propositions et dès que l'on a les accords, on se met en action. On prévient Valentina, elle se chargera de prévenir l'équipe qui est à Terre. »

C'est Roseline de Toulouse qui répond :
« Valentina est absente. Elle revient dans deux jours. J'ai compris votre proposition. Je transmets immédiatement. J'entre en contact avec les responsables étatiques et je vous appelle ensuite.
- Avez-vous vu passer la météorite ? Demande Charlie.
- Oui, cela a fait une grande impression. Elle est tombée juste au-dessus de l'Océan Pacifique, à plusieurs centaines de kilomètres du Mexique. Un gros pavé de 5 mètres de diamètre.
- Nous, elle nous a apporté la lumière dans notre obscurité… pourvu qu'elle l'apporte aussi aux dirigeants des divers gouvernements. Qu'ils comprennent que nous ne sommes pas grand-

chose et qu'il ne sert à rien de s'entre-déchirer. Bien, je compte sur ta dextérité à leur égard.
- J'ai suivi des formations, puis des conférences au Musée Européen d'éducation pour la Paix. Cela m'a beaucoup appris sur les négociations avec les gouvernements. Donc, je vais mettre mes formations en application !
Connais-tu ce centre ? Je te le conseille ! »

Charlie ne savait pas s'il devait lui dire tout de suite, que c'était sa femme qui était à l'origine de ce projet utopique. Puis il choisit de répondre rapidement. « Oui, je connais. Tu me diras comment cela s'est passé. Je suis intéressé. » Il ne fallait pas perdre de temps.

Le message se diffusait auprès des autorités gouvernementales au fur et à mesure que Roseline parvenait à les joindre. Vraiment, elle trouvait ces formations formidables. A chaque nouveau contact, elle retrouvait des situations abordées et elle avait les mots pour apaiser ou pour rassurer et entrer en communication. Il lui fallait obtenir de tous l'accord pour faire revenir les objets au sol, quitte à prouver qu'ils en étaient les responsables et qu'ils devraient payer pour les risques qu'ils avaient fait prendre aux populations. Pas facile. Il lui fallait parler en plusieurs langues. C'était là sa spécialité. Enfin, après une bonne heure de prise de contact, elle avait obtenu l'accord de tous. Elle jubilait. Elle rappela Charlie immédiatement.

« C'est O.K. Vous pouvez y aller quand vous voulez. »

Charlie prit les contacts pour obtenir les exosquelettes et l'aérogel.
Ceux-ci devraient être livrés par une fusée, qui resterait pendant l'opération en géostationnaire ; une fois l'opération terminée, les objets intégrés dans le cargo, l'ensemble retournerait sur Terre.
La question était de savoir si le temps allait permettre à la fusée de décoller dans de bonnes conditions.
Il reçut la réponse immédiatement.
« Le décollage aura lieu aujourd'hui même. Il faut compter trois heures pour qu'elle arrive au point donné par Fred. Nous avons tout préparé. Cette mission ne devrait pas poser de problème. Bien reçu ?
- Bien reçu. Nous attendrons vos consignes. »

Charlie inspecte le matériel. Le ballon citrouille est rangé ; les divers instruments sont pliés dans leur compartiment ; U.Man et le robot X.T. sont en fonction et la base terrestre s'occupe d'eux.

« Il est temps d'aller nous reposer, dit-il ; ensuite nous ferons un repas frugal et nous attendrons les consignes. Qu'en pensez-vous ?
- C'est d'accord ! » dirent-ils heureux de se reposer après tous ces événements.

Chacun va dans son appartement gonflable pour s'isoler du bruit des machines et dormir. La base terrestre s'occupe de surveiller le bon fonctionnement de la station spatiale. Pas de soucis.

CHAPITRE IX

LA SPHÈRE DES FIXES

L'équipe au complet vient de se réveiller.

Otneil s'affaire ; il prépare avec passion, le petit « en cas », avant la préparation des opérations d'envergure pour ramener les objets perturbants sur la Terre.
Otneil siffle son air préféré : l'Arlésienne de Bizet. Chacun sait qu'il entamera ensuite la Pastorale de Beethoven et qu'il finira par la cinquième symphonie de Beethoven.
Cela marquait le temps dans la station spatiale.

Charlie venait de recevoir un appel de sa femme.
Il s'isola dans sa cabine gonflable.
Elle savait qu'il était dans la station, bien qu'ignorant ses missions, elle dialoguait souvent de l'espace, des astres…
« Comment c'est passée votre soirée hier ? »
Charlie sourit… Quelle soirée ? Elle avait oublié qu'ici dans la station il y avait seize jours et seize

nuits qui alternent pendant les vingt-quatre heures sur la Terre !

« Well ! Lorsque tu t'endormais hier soir, nous avons eu ici des météorites. Elles annoncent les Perséides. Tu vas pouvoir ce soir profiter des étoiles filantes si tu regardes le ciel. »

Jane adorait regarder le ciel ; parfois elle voyait passer l'I.S.S. et elle se disait :

« Charlie est là-haut ; si je vois l'I.S.S. c'est l'heure où je peux le joindre : il est en pleine lumière du soleil et c'est pour cela que je vois cette lumière. En plus comme il se trouve juste au-dessus de notre maison en ce moment, la communication va être parfaite. » C'est pour cela que Jane avait choisi ce moment pour l'appeler.

« Ah, oui ! j'ai vu hier soir avant d'aller me coucher vers minuit, sous le ciel étoilé, il y avait à l'horizon vers l'Ouest un nuage grisâtre qui se profilait ; je croyais qu'il allait pleuvoir ou faire des orages. J'ai vu plein de petites lumières derrière les nuages. Il y a beaucoup de chaleur en ce moment. Les lumières étaient d'un jaune très vif, avec parfois un peu de vert. C'était comme un feu d'artifice. Par contre, il n'y avait pas d'orage chez nous. Le ciel au-dessus de la maison était dégagé. Toi, tu devais être en plein sommeil. Je n'ai pas vu l'I.S.S.

- Eh, bien Jane, tu as aperçu des champs magnétiques terrestres. Ils protègent la Terre des radiations solaires et du rayonnement des étoiles de la Voie Lactée.

- Ah, oui ! J'ai appris que notre planète était isolée des radiations solaires et cosmiques par un intense champ magnétique. Tu sais, ici nous avons les plaques tectoniques qui se déplacent et qui régularisent les échanges thermiques et gazeux. Il y autant de chose à apprendre sur terre que dans le ciel. Par exemple, est-ce que tu connais la méthode de corrélation mise en place par les sismologues de l'Institut des Sciences de la Terre à Grenoble ?

Ceux de l'Institut dans un article disent « *qu'il est toujours possible d'écouter le bruit de l'océan au Chambon-sur-Lignon ou à Aurillac. Et, en été, quand l'Atlantique nord se calme, on y entend davantage l'océan Austral qui se déchaîne à cette période. Ce sont des bruits graves, profonds, bien distincts de ceux de l'activité humaine qui, à l'inverse émet des bruits aigus. Ces bruits profonds peuvent s'écouter n'importe où. En Auvergne comme ailleurs. »*

- Oui, peut-être pas dans l'espace ! répliqua Charlie. Ici, nous sommes dans la sphère des fixes. Tu te souviens le dessin que nous aimons regarder ensemble, celui qui se trouve dans le salon. Tu connais son histoire. Le personnage passe derrière la Voie Lactée. Il veut connaître ce qui se trouve après… et l'on découvre que la Voie Lactée est loin d'être favorable à la vie. La dangerosité augmente en premier lieu, du fait qu'il explose dans notre planète plus de dix-mille supernovæ.

La Terre se trouve sur la zone habitable du système solaire… et de la Voie Lactée. Pour l'instant nous ne connaissons pas grand-chose de notre système solaire, et encore moins des autres galaxies. C'est ce que raconte la sphère des fixes. Nous devons aller plus loin pour connaître plus…

- Tu sais, ce matin, j'ai songé à la sphère des fixes, je me suis levée à six heures et j'ai vu l'aurore se lever. C'est aussi le moment où je pouvais voir des étoiles filantes ; nous sommes dans la période des Perséides. Il y a beaucoup de météorites qui traversent l'espace.

Je me suis installée sur notre terrasse et j'ai regardé ce magnifique spectacle jusqu'à sept

heures trente du matin. La lune était entourée de deux étoiles. Une à sa gauche et une à sa droite. Puis doucement à l'horizon, la lumière rougeoyante du soleil est apparue. Cela semblait illuminer le ciel et de l'autre côté je voyais la nuit s'éclaircir… un spectacle magnifique.
Ensuite, j'ai choisi de t'appeler en soirée.
- Oui, tu sais moi aussi, ce spectacle du ciel continue de me faire rêver et heureusement pour nous. Cela nous garde en bonne santé. Connais-tu l'anagramme de Huygens ?
- Non, je ne le connais pas.
- Eh bien, note, je vais te le donner. »

Jane était à son bureau ; elle prit immédiatement un stylo et un cahier pour noter. Charlie continua : « Huygens, en reprenant les vers du poète Ovide, écrivait : « *ils ont amené les distances d'étoiles plus près de nos yeux.* » et il ajouta :
« *VVVVVVV CCC RR H N B Q X* »
L'anagramme de ces lettres donnerait semble-t-il « *une lune tourne autour de Saturne en seize jours et quatre heures.* » Chaque fois, cela me donne envie de continuer à découvrir le monde de l'espace. »

Jane avait noté. Elle aimait partager ces moments avec Charlie. Elle était sans aucun doute plus terrienne que lui, mais elle l'encourageait à continuer sa passion pour l'espace. Et regarder le ciel c'était pour elle, l'accompagner un peu.
Il lui avait dit qu'un jour, il l'emmènerait visiter la Station Spatiale Internationale, et découvrir l'espace de là-haut.

Jane préférait rester les pieds sur terre, disait-elle. Chacun son monde. Cela ne les empêchait pas de partager ensemble d'excellents instants.

« Bien, Charlie, je dois préparer le petit déjeuner des enfants. Ils sont en vacances en ce moment. Avec eux, nous regarderons demain soir les étoiles filantes et nous verrons peut-être l'I.S.S.
Je te passe Peter, il est à mes côtés.
- Allo, Papa. Content de t'avoir. J'ai suivi des cours d'astrophysique en pensant à toi, d'ailleurs. C'était Nicolas Prantzos qui donnait la conférence à L'Institut d'Astrophysique de Paris. Il nous a expliqué *« qu'en réalité, on ne peut rien conclure sur la probabilité d'une stérilisation définitive de la planète hors de celle supposée zone habitable. Parce que même si la létalité due à l'explosion d'une supernova était de 100 % à la surface de la*

planète, la vie marine y survivrait probablement, puisque les radiations sont absorbées par seulement quelques mètres d'eau... d'ailleurs la vie terrestre a démontré sa robustesse ; et puis, il ne faut pas oublier qu'une catastrophe cosmique peut même accélérer l'évolution. » ...
Charlie sourit... oui, tout est relatif. Tout dépend du point de vue avec lequel on regarde le monde. D'ailleurs un des premiers astronautes avaient posé la question en allant tourner autour de la lune. *« Pourquoi les gouvernements se bataillent-ils entre eux pour un minuscule point de l'Univers ? »*

Qu'importe... oui, l'Univers était vaste et cela ne valait pas la peine de se déchirer.
Charlie revint à la réalité de sa mission.
« Merci, pour ce moment de partage. Toujours heureux d'échanger avec la famille. Nous nous verrons très bientôt. D'après les dernières informations, je devrais rentrer dans deux jours. Nous regarderons ensemble les étoiles filantes des Perséides, et je vous raconterai ce que j'ai vu dans la sphère des fixes.
- O.K. à très bientôt »

Oui, Charlie connaissait bien ce personnage qui passe à travers la voûte céleste. Il se voyait lui-même passer à travers cette voûte chaque fois qu'il montait dans une capsule pour aller vers la station spatiale rejoindre les autres de l'équipe.

Des notes de la cinquième symphonie de Beethoven lui parvinrent de plus en plus distinctes... Otneil venait le chercher pour prendre l'en-cas avec l'équipe.

Charlie est prêt ; l'espoir de vivre encore des moments de Paix était revenu.
Lui-même se met à fredonner : « il est revenu le temps du Muguet... »

Charlie s'installe avec eux sur la petite table de cuisine. Tous sont reposés et confiants. Leur mission allait être déterminante et ils avaient reçu les accords internationaux pour faire les manœuvres délicates. Chacun devrait connaître sa mission dans quelques instants.

« Tu as pu joindre ta femme, demande Fred ?
- Non, c'est elle qui m'a appelé. Elle m'a parlé des étoiles filantes. Bien sûr, je ne lui ai pas dit que cela allait compliquer notre travail. Si nous avons

encore une grosse météorite comme celle d'hier soir, alors nous devrons reporter la mission et attendre que cela se calme.

- J'ai regardé sur mon ordinateur, pendant que vous vous prépariez... non, c'est parfait pour la mission. Nous pourrons y aller tranquille.
- Alors bonne nouvelle. Nous pourrons profiter de l'espace et nous promener, dit Otneil. Nous aussi nous allons faire du tourisme spatial.
- Au fait, que sont-ils devenus avec la moto volante ?
- Je les ai redirigés vers la Terre ; avec la grosse météorite d'hier, ils avaient eu le spectacle de l'année et ils pouvaient rentrer. D'ailleurs, je pense qu'ils avaient tous envie de rentrer après cette lumière qui a traversé l'espace ! Après, ils vont faire les cracs quand ils vont voir leurs copains sur les îles Baléares. « *Eh, bien, nous nous avons filmé une météorite dans l'espace habitable, nous devions être à environ 300 kilomètres de la Terre, pendant que vous pataugiez dans votre petite mare...* » reprit Fred, avec humour.

Ceci est rare de sa part. Lui aussi devait être soulagé de pouvoir terminer cette mission délicate. Même s'il aime les aventures qu'il a souvent partagées avec l'équipe, il aime aussi la routine de son travail.

Quand ils rentreraient, il proposera à Midori de venir écouter le chant des oiseaux. Il sait qu'elle aime les fleurs et les oiseaux ; or, il habite près des Calanques. Il y a beaucoup d'oiseaux. Il l'emmènerait parcourir la garrigue à cheval. Elle adorera, peut-être. Puis, il lui ferait visiter Grasse, et respirer le parfum des fleurs.
Ce serait une surprise. Elle avait dit à l'équipe qu'elle était seule pour ses vacances et ne savait pas où se rendre. Elle avait demandé leur avis. Elle redoutait la solitude.
Fred et Midori s'entendait bien dans la Station Spatiale Internationale, ils partageaient de longs moments ensemble pour mettre en place les programmes d'observation des événements spatiaux.

Ils maintenaient la communication avec la base qui se trouvait sur Mars. Les échanges étaient nombreux et très techniques.

Si elle acceptait l'invitation pour la Camargue, il pourrait lui faire aussi découvrir l'arrière-pays. Celui de Jean Giono et l'accent chantant du midi.

S'il l'emmenait dans le midi, il lui ferait découvrir les pinèdes et ils traverseront les champs de lavande... Le soir, à la fraîcheur de la nuit d'été, ils pourront déguster les melons de Cavaillon et boire un peu de vin de Lunel ou de Bordeaux, avec un bon repas, un magret par exemple.

Peu importe. Il lui fera découvrir le vieux port de Marseille. Et peut-être pas... ils iront peut-être ailleurs. Là, où il y a moins de touristes. Ils pourraient aller à l'Isle sur la Sorgue et même en profiter pour visiter l'usine de Sorgue, qui fabrique des éléments pour les fusées. La famille Bouillanne... de vieux amis de ses parents.
Il la ferait passer sous le petit pont, juste au moment où un train arrive et là, elle aurait peur à cause des tremblements et du bruit assourdissant du train qui passerait au-dessus d'eux.

Sorgue c'était la ville industrielle, alors que l'Isle sur la Sorgue était la ville de résidence des antiquaires. D'ailleurs, il y aurait peut-être ses amis, Jacques et Fanny et ils iraient leur rendre visite, pourquoi pas ?

Oh, oui. Elle n'allait pas s'ennuyer. Mais pour l'instant, ils devaient tous se mettre autour de la table de bureau et établir les stratégies à venir.

CHAPITRE X

RETOUR DANS LA STATION SPATIALE

Les voici installés à leur bureau devant leurs ordinateurs.

Otneil veille à ce que tous les câbles soient positionnés correctement. Il passe devant chaque poste, vérifie, aménage si nécessaire, puis confirme que tout est prêt.

Midori a transmis la liste du matériel utile aux opérations et elle a surveillé la mise en place dans le cargo des exosquelettes ainsi que de l'aérogel. Ce liquide est utilisé sur Mars pour recueillir des roches et les renvoyer sur terre avec le moins de modifications possibles.
Pour les exosquelettes ils ont fait appel à l'École Supérieure Saint-Anna de Pise, qui regroupe six instituts de recherche. Ils ont mis en place plusieurs prototypes dont un exosquelette pour aider à dégager les victimes de catastrophes

naturelles, ce qui permet de multiplier la force de l'utilisateur par vingt.

Cet exosquelette se fixe avec des sangles sur un utilisateur. Il a fallu repenser la structure des sangles et de l'exosquelette en fonction des frottements par les poussières de régolithe contenues dans l'espace ou des radiations solaires qui peuvent perturber les commandes électroniques.

Ils ont donc mis au point un prototype d'un nouveau genre et quatre mains ont été construites. Ce sont elles qui vont servir pour les opérations de déplacement des objets vers le cargo, celui qui ramènera ces objets au sol.

Fred a commencé les calculs pour suivre l'avancée de la fusée. Il enregistre la vitesse de la lumière dans son référentiel, en fonction des rayons cosmiques. Il établit l'événement, endroit précis de l'espace à cet instant. Il situe ensuite les coordonnées qui s'affichent sur son écran. Il se rappelait les cours juniors « *l'espace et le temps sont liés. Vous avez l'impression de voir en direct les objets, or vous les voyez en décalage en fonction de la lumière, qui est une vitesse finie.* »

En effet une partie des commandes seront données par la base et une partie par la station. Ils devraient donc se coordonner malgré ce décalage de quelques secondes, peut-être... il lui fallait calculer aussi avec précision la masse de l'objet et obtenir leur forme pour faire progresser les intervenants extérieurs qui porteront avec eux les exosquelettes, des sortes de mains qui étaient aussi grandes que leurs bras. Il ne fallait pas faire d'erreur dans les actions et les déplacements. Ils auront à amener les objets près du film en aérogel. Il s'agissait de déterminer la corrélation entre luminosité et température pour finaliser au plus près les mouvements des mains des exosquelettes.

Charlie et Elsa se préparaient : ils dessinaient leurs trajectoires. Chacun devra se placer de chaque côté des objets collés entre eux. Ils devaient définir les bords des objets qui seraient les plus pertinents à aborder. Puis suivant le filin maintenu par les deux robots, il leur faudrait alors passer derrière le spectre pour mettre le film d'aérogel, récupérer le colis ainsi créé, puis le mettre dans la capsule de la navette de retour. Pitit continuerait de garder la vigilance sur le spectre de l'éléphanteau volant. Il serait chargé de le détourner dès que le « colis » serait prêt. Ensuite, il devrait replier le spectre et retourner à la base rejoindre Yvan, bien entendu après une coordination avec Elsa.

Elsa redescendra en même temps que Pitit sur la base en Californie, cette fois pour finaliser l'opération. Roseline et Hermann superviseront depuis la base de Toulouse et interviendront avec leurs ordinateurs en cas de courts- circuits pour reprendre les commandes le plus rapidement possible.

La navette est partie depuis un moment… chacun a fini ses préparations.
Ils ont pris un repas qu'Otneil leur a préparé et ils sont retournés dans chacun de leurs appartements gonflables pour se reposer.

Les derniers moments seront décisifs. Ils ont peu de temps avant l'action.

Charlie s'était endormi quand son téléphone sonna. Ce n'était pas Jane. Un numéro s'affiche.
« Hello ! Qui est à l'appareil, répondit Charlie encore engourdi dans son sommeil. Pardon, je voulais dire, bonjour, vous souhaitez parler à quelle personne ? »

Charlie avait eu un vieux réflexe et il venait de prendre conscience qu'il s'agissait d'un responsable de la sécurité qui intervenait pour contrôler les procédures et vérifier que tout allait bien.
« Bonjour, ici Tang. Je suis en déplacement sur une base en Chine. Je viens vérifier que vous avez bien tout prévu et s'il vous manque quoique ce soit, n'hésitez pas à me le dire. Si vous n'êtes pas couverts par les autres bases, je peux compléter.
- Merci, répond Charlie. On aurait besoin de Champagne Rosé, pour faire une fête dans quelques temps ! » et ils se mirent à rire.

Ouf, c'est Tang. Avec lui, pas de problème. Un instant Charlie a redouté que ce soit un responsable d'un gouvernement et qu'il soit dérangé en plein sommeil pour répondre à une série de questions déplacées à ce moment de l'action.

Le téléphone résonna à nouveau. Charlie, réveillé cette fois, répondit prudemment.
« Bonjour. Que puis-je pour vous ?
- Nous sommes réunis en visioconférence et nous souhaitons suivre vos interventions depuis nos bureaux respectifs. »

Cette fois ce sont les dirigeants de différents pays qui vont poser des questions. « Totalement inadapté cet appel, en ce moment. Ne peuvent-ils pas me laisser me reposer ? » pense Charlie.
A présent, il vient de comprendre l'appel de Tang. Il avait voulu le prévenir ; il savait que si Charlie n'était pas réveillé, il n'aurait pas répondu de façon calme.

Il était très rare de voir Charlie en colère… Cependant, s'il était dérangé pendant son sommeil et qu'on lui pose des questions précises, il ne tardait pas à « envoyer bouler » la personne… qui que ce soit, dirigeant ou pas.

Il valait mieux éviter les incidents diplomatiques dans ces instants, quitte à prendre la colère de Charlie avant eux. Tang avait appelé Charlie pour le réveiller.
Tang avait été informé par les dirigeants de cette audition, et il était chargé d'assurer la liaison de la télécommunication.

Charlie refusa de partager les écrans.

« Vous n'aurez qu'une conversation verbale. Pas d'image, dit-il. Il faut économiser l'énergie dans la station.
- Aucune ? Avaient demandé les dirigeants.
- Non, aucune. Vous aurez les photos, si nous parvenons à les prendre. Nous vous les transmettrons à notre retour. Ce n'est pas une opération de tout repos et nous avons besoin de nous concentrer sur cette action. Nous aurons tout le loisir de vous expliquer ensuite nos interventions quand nous serons à la base en Californie. D'abord la liaison sera meilleure et ensuite vous aurez les objets qui auront été analysés. C'est ce qui est le plus important, non ? »

Charlie sentit un léger désappointement chez eux. Il semblait évident qu'ils devaient tout savoir minute après minute. La réponse de Charlie ne leur convenait pas.

« Nous voulons voir les images au fur et à mesure de votre intervention ; il se peut que des éléments vous échappent et vous ne les verrez pas enserrés dans vos tenues spatiales. De plus, nous avons cru comprendre que vous alliez utiliser des exosquelettes et que vous n'avez pas l'habitude de les manipuler. Donc, c'est un risque supplémentaire de perte d'information. »

« C'est cela, » pensa Charlie. « Ils avaient plus à cœur les informations que la vie des Hommes… »

« Vous savez, nous avons accepté d'investir beaucoup d'argent dans ce nouveau matériel. Nous voudrions savoir si ces exosquelettes sont fonctionnels et si ce produit « l'aérogel » est réellement efficace pour cette opération. C'est vous qui avez déterminé les instruments que vous allez utiliser et nous vous les avons fournis, ainsi qu'une fusée spéciale pour cet envoi. Cela coûte très cher. Vous comprenez… ? »

Oui, Charlie comprenait. Toujours leurs finances… aucun rêve pour un monde en Paix ou pour aider les autres. Toutes discussions revenaient à « Combien ça coûte ? » … « ça rapporte combien ? » … « Qui est responsable ? » … « Qui devra payer ? » …

Les dirigeants continuaient d'insister pour accéder aux images de l'intervention.

« Vous savez cela aura un coût. Il nous faut un matériel de précision et aussi un complément d'alimentation, sinon la station sera sans énergie nécessaire à son fonctionnement. Il nous faudrait arrêter les envois satellitaires, ou les relais de télévision. »

Charlie venait de toucher la partie sensible. Encore plus d'argent ou impossible de passer des informations télévisées. Non, effectivement, cela posait problème.
« Que proposez-vous ? Nous allons en discuter. Combien cela coûtera pour une vidéo, plutôt que des photos statiques ?
- Ce n'est pas moi qui peux vous chiffrer le coût de fonctionnement de la vidéo ; il vous faut demander à la base et savoir avec eux s'ils peuvent en mettre une en fonctionnement aux heures où nous serons à l'extérieur.
- Ah, oui. Très bien, c'est ce que nous allons faire. De toute façon, vous avez encore un peu de temps devant vous. En conséquence nous gardons le contact et nous vous tenons au courant de l'avancée pour la mise en place de cette solution. »

Charlie avait réussi à renvoyer le problème à la base en Californie. Ce n'était pas pour autant qu'ils avaient dit : « on vous laisse tranquille !!! » Non, ils allaient reprendre contact. Charlie aurait aimé être chez eux et venir au moment de leur repos et les réveiller toutes les dix minutes.
Mais la notion de temps n'était pas la même pour eux. Ils avaient vingt-quatre heures. Ici dans la station spatiale, ce n'était pas pareil et ils ne le prenaient pas en compte.

« Ils ne peuvent pas comprendre, » pensa Charlie… « Deux ans d'âge. On ne peut pas leur dire non, sinon ils se révoltent. Des enfants rois. On leur doit tout, et ils ne connaissent rien aux nouvelles technologies. Ils auraient voulu choisir les instruments à notre place pour en prendre des moins coûteux ! N'importe quoi ! Et, bien sûr des instruments moins performants. S'ils échouaient ? Cela aurait été de la faute des spationautes, ces maladroits et pas à cause des instruments inadaptés.
Quelle vision minimaliste du monde.
Des incapables… des incapables. Ils ne sauront jamais protéger la vie humaine. Le profit c'est leur maître mot. »

C'était toujours une grande peine pour lui de les entendre et ces conversations ne faisaient que renforcer son point de vue.

Le groupe observait le visage de Charlie qui se refermait.

« Que se passe-t-il ? Tu as de mauvaises nouvelles ?
- Si l'on veut. Je viens d'avoir les dirigeants ; ils sont en visioconférence et ils veulent que nous filmions l'opération.
- Eh bien ! C'est comme pour les vacances on filme les exploits, lui répliqua Elsa. On va leur faire voir ce qu'une petite femme frêle comme moi peut faire : soulever deux tonnes dans l'espace et leur renvoyer la balle, chez eux. »

Cette fois, Charlie sourit à nouveau. Oui, il ne fallait pas y attacher d'importance. Après tout, cela sera un « souvenir de vacances » comme le disait Elsa. Au lieu d'être sur des jets ski, ils seront dans l'espace avec des exosquelettes à bout de bras. Et, elle avait raison, cela leur ferait voir qu'une femme a plus d'intelligence que tous ces dirigeants réunis ensemble.

Un appel à nouveau retentit.
Allaient-ils comprendre qu'ils avaient besoin de tranquillité avant l'action !
« Couper la ligne… c'est une idée, » se dit-il, « je vais leur proposer comme solution de couper la ligne. Une économie d'énergie qui leur permettrait d'avoir les images… !
- Allo, nous avons l'accord pour que vous soyez filmés pendant l'opération. Nous attendons votre accord, également.
- Pas de soucis. Nous couperons juste la liaison radio pour économiser nos batteries.
- Oui, oui, faites ainsi. »

Ouf, il avait réussi à obtenir le silence et son visage rayonnait de joie !
L'équipe avait écouté et ils avaient tous compris.
Enfin un moment de Paix.

CHAPITRE XI

LE VENT SOLAIRE

Le calme est revenu. Seul crépite le bruit des machines et des ordinateurs de bord.

Bien entendu Charlie a conservé la liaison avec la base pour coordonner leur action. Il se rappelle le message de sa femme. Ce qu'elle avait observé, elle, en Californie, les aurores polaires ; ces lumières que l'on voit dans des latitudes moyennes... C'est le soleil qui les provoque. Cela signifiait une forte activité du soleil. Le vent solaire est un flux de plasma éjecté dans la haute atmosphère et ce flux varie en vitesse et en température... Charlie redoutait une augmentation de cette activité. Cela perturberait sans doute les instruments électroniques et aussi empêcherait toute sortie à l'extérieur de la station.

Jane avait raison, en étant filtrées par le champ magnétique de la Terre, ces particules produisaient des manifestations de toute beauté.

Les éruptions du soleil éjectaient des particules chargées, transportées par le vent solaire. Sur Terre le spectacle ne pouvait qu'être féerique. Il imaginait les nuages cotonneux et les lumières qui jaillissaient çà et là de gauche à droite, sur de grandes étendues, en surgissant à l'horizon. Ces teintes variant du jaune vif au vert sapin, un peu comme un feu d'artifice géant, qui couvrait la moitié du globe.

Il n'avait pas voulu lui dire qu'il devait sortir de la station spatiale le lendemain. Elle se serait inquiétée. Il est souhaitable qu'elle admire le spectacle comme un instant unique et qu'elle rêve à un monde lointain.

De toute façon, Charlie est prudent. Pas question de sortir si les conditions ne sont pas remplies.
Il repense alors au tableau, montrant le chercheur qui soulève un voile pour regarder derrière la voûte céleste. Oui, il fallait voir plus loin. Préparer l'avenir.

Il réfléchissait. Il se disait qu'il était possible d'attendre pour intervenir. Après tout, ils étaient parvenus à déplacer les objets et à les mettre sur une autre orbite. Tant que ceux-ci resteraient à cet

endroit, ils ne seraient pas dangereux. Une sorte de parking. D'ailleurs il y en avait plein dans l'espace de ces parkings pour anciens débris spatiaux. Pour l'instant, c'était un de plus.
S'installant devant le hublot, il sait qu'en fermant les yeux, s'il perçoit des lumières alors c'est que l'activité est encore intense.
Tout semble calme, les étoiles scintillent.

Midori, elle, est rassurée, la fusée japonaise, va arriver. Il faudra intercepter le cargo que la fusée va livrer et le mettre aussi en géostationnaire, près de la station. Ensuite, on prendra le temps de ramener le cargo jusqu'à la station, d'extraire les instruments et de se familiariser avec les exosquelettes. Pas question d'agir sans avoir fait des essais auparavant. Elle s'occupera de l'aérogel.

« Peux-tu faire un roulis de 180° ? demande Charlie à Fred.
- O.K. mais sur mon ordinateur de bord. Tu verras les comètes aussi facilement que par le hublot. A l'instant présent, je n'ai aucun signe de vent solaire, si cela t'intéresse, rajouta Fred, comprenant le questionnement de Charlie.

Charlie s'informe : « Y a-t-il un risque pour lui et pour Elsa en raison des poussières que la comète a pu laisser derrière elle en passant ? »

Elsa a vérifié. Tout va bien pour Pitit. Chacun a conservé son orbite et le spectre est toujours devant les objets. Ceux-ci placés à présent dans une autre localité ne présentent plus de danger immédiat. D'ailleurs, peut-être peuvent-ils enlever le spectre ? Ainsi Pitit pourrait retourner sur la base près d'Yvan.

C'est une proposition ; après réflexion, ils décident que non. D'accord, Znamia ne recevait plus les rayons du soleil et donc elle ne transmettait plus la lumière, la nuit, sur la Terre. Cependant si la queue d'une comète ou d'une poussière brillante venait à se refléter dans ses miroirs, elle retransmettrait sans doute de la lumière, certes moins intense…

Non, il faut attendre que les objets soient de retour sur le sol terrestre.

Charlie demande :
« La comète Sweet repasse à quelle date ?

- en 2126, le 14 août ! Nous avons le temps ! D'ici là, les objets collés ou en miettes nous les aurons redescendus ! Répond Fred, le calculateur de l'équipe. »

Soulagé Charlie se dit, qu'il valait mieux que ce ne soit pas cette comète qui soit passée près d'eux. Un monstre, dont on se demande s'il risque de heurter la Terre et de la faire éclater… Là encore, expliquer cela aux dirigeants, était peine perdue. D'ailleurs, avec le G.I.E.C, plus de cinquante ans d'analyses scientifiques non prises en compte par les dirigeants, les avaient déjà amenés à des catastrophes humanitaires.

Malgré cela, la terre continuait de tourner et les dirigeants avaient simplement préservé leurs finances. Des destructions de lieux, d'hommes, il y en aurait encore et toujours. En attendant, peut-être même que le G.I.E.C., pouvait être payé par ces mêmes dirigeants et peut-être vivre de cette manne ? Ils auraient pu se révolter et dire :
« On arrête de produire des rapports. Vous les lisez mais vous ne les comprenez pas ».

Oui, Charlie en revenait à sa conclusion : « deux ans d'âge moyen. Peut-être qu'un jour, la Terre perdra son champ magnétique et dans ce cas, elle ne sera plus protégée des vents solaires ; ceux-ci détruiront une partie de son atmosphère. »

Il savait bien que l'Univers lui-même était en constante transformation.
Peut-être que ce serait bien ainsi ; si seulement, cela donnait de l'humilité aux hommes.

Une sonnette retentit :
« Hello, livraison par la fusée dans quelques minutes. Nous avons regardé l'ensemble des données que nous avons, vous pourrez sortir sans problème à condition de réaliser l'opération de récupération du cargo en vingt minutes, annonce Roseline depuis sa base à Toulouse. »

Elsa et Charlie se rapprochent du sas. Ils vont de nouveau sortir dans leur capsule. Normalement le cargo devrait être téléguidé par Fred et Midori à partir de leurs ordinateurs, dès que Roseline leur donnerait le signal.

« C'est O.K. Nous sommes prêts.
- Quatre, trois, deux, un, zéro, GO ! »

Elsa et Charlie sortent du sas de la station et se dirigent vers leurs capsules ; celles-ci sont séparées pour être plus agiles. Ils se mettent de part et d'autre de la fusée.

« Restez éloignés. Nous allons larguer le cargo, puis faire faire une manœuvre à la fusée pour qu'elle puisse se mettre dans l'autre sens. »

Elsa et Charlie aperçoivent le largage du cargo. Celui-ci doit se positionner dans la même orbite que les objets. Si tel est le cas, alors ils pourront approcher le cargo pour l'amener doucement vers la navette spatiale et décharger le matériel.

« Cinq, quatre, trois, deux, un, zéro. Positionné. »

Tout s'est parfaitement déroulé.
« Vous pouvez y aller les gars ! Enfin non ! Pas les gars. Maintenant, nous, les femmes, dit Roseline, nous avons aussi droit à nos postes de travail ! »

Elsa et Charlie se rapprochent du cargo. Ils accrochent l'engin de chaque côté avec leurs capsules et avancent ensemble vers la station ; dix minutes après, le cargo est amarré à la station.

« Regarde ma nouvelle main ! » c'est Elsa qui vient de sortir une partie de l'exosquelette. Génial. La main est effectivement aussi grande que son bras. Elle doit la fixer sur sa propre main et installer des attaches sur son corps. Elle fait un essai. Incroyable, elle peut manipuler la main avec une précision de joaillier.

Charlie essaye à son tour. Il se tourne vers Elsa :
« Allez, maintenant, viens te battre, on verra bien qui sera le plus fort de nous deux ! »
Ils jouent avec les quatre mains articulées et s'entraînent à saisir les moindres objets qu'ils perçoivent. Quelle dextérité. Vraiment, c'est un excellent choix.
« Oui, confirme Elsa, j'en avais entendu parler dans une mission humanitaire pour dégager les gravats lors d'un effondrement. Je n'avais jamais essayé. Vraiment une avancée du tonnerre.
- Bien, nous reprendrons l'entraînement un peu plus tard. Allons-nous reposer.
- Eh, le repas que je vous ai préparé avec amour, vous n'en voulez pas ! Plaisanta Otneil.
- Avec grand plaisir. On arrive.

- Allo, Roseline ? Nous te transférons les commandes. Nous allons manger, puis nous reposer. C'est possible pour toi ?
- C'est possible. Bon repas. »

Otneil explique qu'il s'est occupé de tous les mécanismes dans la station pour vérifier leur bon état de fonctionnement et qu'il en a profité aussi pour parler à ses plantations :
« Vous devriez venir les voir, elles sont en pleine forme.
- En tout cas, ton repas est goûtu, lui dit aussitôt Elsa »

Le jour vient de se lever à nouveau sur la navette spatiale.
Chacun est à son poste.
Elsa et Charlie ont installé chaque capsule à quelques mètres des objets. Ils sont prêts à sortir pour manipuler les instruments et amener les objets dans le cargo pour un retour sur Terre.

Ils ont mis leurs tenues et restent attachés à leur propre capsule ; ils sortent et se dirigent vers les objets.
L'espace est infini, sombre et magique à la fois.

Elsa est reliée avec la radio laser d'Otneil. Il va la guider lorsqu'elle n'aura pas assez de visibilité et surtout pour les manœuvres complexes, sophistiquées.

Charlie, lui, fera les manœuvres plus simples en apparence, mais demandant un plus grand déplacement.

La fusée est téléguidée par Roseline qui est restée éveillée sur sa base. Elle tient à participer entièrement à la mise en place des objets. C'est une spécialiste et elle maîtrise les technologies de déplacements par ordinateur. Elle a réalisé le programme, et peut, si nécessaire, intervenir pour modifier la trajectoire, si celle-ci s'avère inadaptée ou périlleuse. Des imprévus, il y en a toujours.

Ils sont arrivés vers les objets. Un drôle d'agglomérat. Oui, pas de doute. Ils se sont heurtés violemment. Combien y a-t-il d'objets ? Charlie en compte trois… un de plus que prévu. En effet en raison de la constitution, les aspérités des métaux ne sont pas identiques et les couleurs non plus.

Il y aurait donc trois satellites qui auraient divagué dans l'espace et se seraient un jour heurtés pour ne faire que ce gigantesque disque.

Elsa attrape les objets avec l'exosquelette. Elle se place sur la partie à droite, tandis que Charlie poursuit son chemin et se place à gauche. Il saisit les objets avec l'autre exosquelette. L'objet en raison de la température ne semble pas poser de problème majeur pour se déplacer.

Ils exécutent sans parler les rotations qu'ils avaient prévues de faire. Pendant ce temps Roseline active les commandes et approche le compartiment contenant le cargo ; il commence à sortir du corps de la fusée, ce qui permet de garder des distances. Ensuite Elsa et Charlie positionnent les objets à l'intérieur.
Une fois attaché, le compartiment sera réinstallé dans la fusée et celle-ci se dirigera vers la terre pour éjecter le « colis » dans une zone de récupération.

« Tout va comme prévu ? », lance Roseline.
- Les manœuvres avancent. Tout est correct. Je t'indique le moment où le « colis » sera prêt à être embarqué. » dit Fred.

Dix minutes sont passées. Le « colis » est posé sur le compartiment. Charlie met les attaches. Les mains de l'exosquelette semblent lui apporter une aide inimaginable.
Il ressemble ainsi à un personnage d'une bande dessinée.

Elsa part à la recherche de Pitit. Elle va le programmer pour qu'il redescende près d'Yvan. Il faut, avant cela, rentrer le spectre de l'éléphanteau volant.
« Drôle d'idée » se dit Elsa. « Pourquoi avoir choisi un éléphanteau volant ? Quoique... C'est vrai, cela ressemble à de grandes oreilles d'éléphant... L'ombre projetée est énorme ; un peu comme avec ces poupées indiennes, que l'on manipule avec des fils ; elles sont toutes petites, mais lorsque l'on projette une lumière derrière elles, alors elles deviennent immenses. C'est cela ! Le spectre devait fonctionner de cette façon ! Merveilleux !

Fred annonce à Roseline que l'opération est terminée.
Charlie rentre, suivi d'Elsa. Enfin, la seconde partie de leur mission est réalisée.

CHAPITRE XII

LES VOLCANS

Maintenant dans la station spatiale les uns se reposent, les autres veillent sur le retour de la navette ; elle doit amerrir dans l'Océan Indien.

Un bateau est prévu pour sa réception. Au-dessus du bateau se trouve un très vaste filet dans lequel sera éjecté le « colis » enfermé dans l'aérogel et rangé dans un compartiment de la navette. Un parachute devrait freiner son arrivée lors de son passage dans l'atmosphère terrestre.

Après quelques instants, Fred s'informe sur la météo :
« Il semble que des perturbations sont en cours. Des vents se sont levés et une fumée s'échappe d'un volcan. »

Midori qui est née au Japon commente :
« Tu sais, un volcan peut fumer pendant des millénaires sans éruption. Les gaz dissous se

rassemblent en bulles, et ensuite en raison de la poussée se transforment en éruptions.

- Le plus grand problème, c'est le dégagement de dioxyde de carbone, me semble-t-il ? Ajoute Fred.

- Oui, dans certaines situations, si l'éruption a lieu la nuit, sur un volcan encore actif, dans des lacs d'origine volcanique, des poches de gaz peuvent s'échapper, ce gaz est mortel.

Ainsi, il y a eu presque 2 000 morts dans un village au Cameroun, suite à un lac volcanique ; les eaux turquoise sont devenues rouge brun, et des vagues gigantesques ont dévasté les rives. C'est surtout le gaz plus dense que l'air qui en sortant de l'eau a asphyxié la population dans leur sommeil sur 20 à 70 km…

Depuis, il y a une surveillance de ces lacs pour limiter les risques.

- Il n'y a pas que les difficultés respiratoires, liées aux particules de sulfates réfléchissantes. Sais-tu que lors des éruptions, à cause de ces aérosols qu'ils rejettent, la Terre s'assombrit et la température baisse pendant plusieurs années ? Cela a même provoqué de longues périodes glacières…

- Nous ne connaissons pas tous les mécanismes ; il reste encore beaucoup à découvrir sur terre !

- C'est exact, qu'en France, en Auvergne, ils sont à la pointe de la recherche dans le domaine des volcans. C'est leur cheval de bataille… moi, je préfère les chevaux camarguais ! Continue Fred.
-Vous avez parlé d'Auvergne ! Ils sont au patrimoine de l'U.N.E.S.C.O., vous le savez ? Un jour, si vous venez dans ma région, je vous emmènerai en haut du Puy-de-Dôme, et à Vichy, la Reine des Villes d'eau ! », propose Elsa.

Fred, fit la grimace ; il voulait inviter Midori en Camargue, faire du cheval avec les gardians et il redoutait que Midori accepte l'invitation d'Elsa.

Cependant, Elsa ajouta :
« Sans doute pas cette année ! Je suis invitée en Grèce et je ne serais pas disponible. Par contre l'invitation tient pour une autre fois.
- Alors, que dit la météo ? intervint Otneil.
- Plutôt calme. Tout devrait bien se passer. »

Le téléphone de Charlie sonne ; ils se regardent. Charlie dort. Il avait fait des efforts conséquents et avait besoin de repos.

« On ne répond pas à sa place et on ne le prévient pas. On n'a pas entendu. » Décide Otneil.

Le téléphone sonne à nouveau. Insistant. Charlie arrive émergeant de son appartement gonflable. « Mince, encore eux ! Ils ont bien dû avoir les images filmées de notre intervention. Cela devrait suffire. » Charlie prend son téléphone.
« Je vous écoute.
- Nous avons vu une partie des opérations, cependant une partie nous a été cachée par une sorte d'oreille d'éléphant volant ! C'est une mauvaise plaisanterie. Nous voulons avoir les preuves que rien n'a été perdu dans l'espace et que les morceaux agglomérés seront tous présents pour l'analyse des constituants. Vous savez, nous devrons établir ceci pour faire l'estimation des frais engendrés par ces phénomènes perturbants et notamment nous devrons fixer un tarif de pénalité pour les pays concernés. Où en êtes-vous ? Avez-vous réussi la manœuvre pour que le « colis » soit expédié sur Terre ? »

Charlie attend que le flot de paroles cesse. Il prend son temps pour répondre. Il n'est pas pressé à présent. Ils ont accompli l'essentiel du travail, le reste c'est aux autres équipes de gérer.

« Ah, vous avez vu un éléphant volant ? »

Charlie regarde son équipe et sourit moqueur… Tous se retiennent de rire. C'est vrai que les dirigeants n'étaient pas au courant du spectre qui avait été placé devant les objets… et donc au début de l'opération, forcément la caméra a filmé le spectre, puis à nouveau, lorsqu'Elsa est allée programmer Pitit.

« Ah, oui… c'est un effet de lumière. Cela arrive parfois dans l'espace. »
Charlie ne mentait pas ; c'était effectivement un effet de lumière qui créait cette vision de l'éléphanteau volant. Cependant, il ne leur dirait pas tout. Cela risquait de leur donner encore des idées saugrenues, voire malsaines, par exemple en utilisant cette technique pour effaroucher des peuplades.

« Nous avons tous vu une oreille d'éléphant. Ce n'est pas une hallucination, dit le dirigeant d'un ton sec, sans concession. Quelle est votre explication sur ce phénomène. »

Cette fois, Charlie devait en dire plus. Il consentit à parler davantage et à expliquer le stratagème qui avait permis de ne pas éblouir une moto volante de tourisme spatial, comprenant plus de deux cents personnes.

« Et, nous avons réussi, grâce à ce stratagème. Ensuite, nous ne pouvions pas l'enlever au moment de nos interventions, sinon nous aurions pris le risque d'être éblouis, ou d'éclairer des parties endormies sur la Terre, ce qui est perturbant pour la faune et la végétation, voire dangereux pour les populations.
- Et pourquoi, ne l'avez-vous pas dit plus tôt ? »

C'était parti pour les questions qui fâchent. De nouveau il se dit :
« Qu'importe maintenant, nous, nous avons terminé notre mission, et nous l'avons réussie. »

Cependant, il savait qu'il ne pourrait pas répondre cela aux dirigeants qui étaient rivés sur leurs écrans attendant des réponses, celles qu'ils voulaient entendre dire, en fait. Ils avaient des réponses avant de poser les questions, et ils questionnaient en fonction de leurs attentes. Ce n'était pas la première fois que Charlie était confronté à eux.

« Bon, pensa-t-il, c'est un mauvais moment à passer. Dans quelques temps, ils parleront sur d'autres sujets de la même manière. Chercher des finances et chercher des coupables. »

A ce moment, Fred interrompt la conversation :
« C'est O.K. pour l'amerrissage. Le « colis » est sur le bateau. Il doit ensuite se rendre en Californie pour l'inspection et les analyses des objets. »

« Ouf », se dit Charlie. Ils vont avoir à s'occuper ailleurs. Et reprenant la conversation :
« C'est O.K. pour le « colis » il vient d'arriver sur le bateau.
- C'est ce que nous voulions. D'en ce cas, nous vous rappellerons. Nous vous remercions de rester disponible, au cas où nous aurions d'autres questions à vous poser. Nous comptons sur votre présence lors des résultats des analyses. Vous pourrez donner votre point de vue. Cela pourrait nous être fort utile.
- Entendu, je vous remercie pour la confiance que vous m'accordez, répond Charlie en raccrochant. »

Puis s'adressant à l'équipe :

« Allez hop, à table. Profitons que nous ayons encore Otneil avec nous, pour nous régaler ! »

Personne ne se fit prier.
Ils allaient ensuite préparer leurs bagages pour le retour. Une autre équipe allait venir dans la Station Spatiale Internationale pour les remplacer pendant six mois. Eux pourraient, enfin se reposer.

En signe de conclusion, une fois autour de la table, ils dirent ensemble :
« Mission accomplie. Un pour tous et tous pour un ! » Le célèbre roman d'Alexandre Dumas, les trois mousquetaires, laissait toujours cette marque de fabrique. Savait-il, en l'écrivant, que cette phrase serait encore une référence des centaines d'années plus tard ?

CHAPITRE XIII

LA NOUVELLE ÎLE

L'équipe de remplacement est arrivée très vite.

Ils repartent tous ensemble dans la même navette de retour. Un cargo les suit qui contient les capsules, le ballon et tous les instruments.

Arrivés sur la base, ils retrouvent Yvan.

« Bien passé ce voyage ? »
« Pas mal. Un peu de roulis… malgré tout, le confort s'est amélioré depuis qu'ils ont investi dans le tourisme, ils ont augmenté nos budgets et cela se retrouve dans la navette. »

Maintenant, ils devaient repartir chez eux et ils ne savent pas quand sera leur prochaine mission.

Otneil, n'est pas pressé, il est proche de son « sweet home », il interpelle l'équipe :

« Eh, vous viendrez dans ma nouvelle île ? J'ai craqué, je me suis acheté une île dans le Pacifique. Un petit bijou. Vous vous êtes engagés pour faire une fête chez moi, je vous le rappelle. La condition, c'était que la mission réussisse. C'est fait !
- Tu ne vas quand même pas nous inviter sur une île ! Tu trouves peut-être que l'on ne vit pas suffisamment à l'étroit dans la station ? Tu veux encore nous mettre dans un rafiot pour aller sur ton île et nous agglutiner. Non. Pas question. Moi, je pars en Camargue voir les grands espaces avec les flamants roses, dit Fred. Je ne serai pas de retour tout de suite, d'autant que Midori vient avec moi. »

Midori ne comprend pas. Que vient de dire Fred ? Elle ne sait pas où elle va aller pour ses congés et voici que Fred dit à tous, qu'elle part avec lui ! Elle ne sait pas quoi répondre.

« Parfaitement, reprend Fred. Plutôt que d'aller « nulle part » je t'invite en Camargue. Prochain avion pour Paris-Marseille dans une demi-heure. Alors prépare vite tes bagages ! »
Midori sourit toujours impassible.
« C'est une excellente surprise. Je l'accepte. »

Elsa reprend :
« Je suis attendue par des amis en Grèce. Je ne sais pas quand je serais de retour. Tu me tiendras informée des dates pour la fête, à condition que ce soit dans ta maison et pas sur une île. Pour l'instant je rentre chez moi, passer une semaine pour ranger mes affaires que j'ai laissées en vrac. Mission oblige. Quand il y a urgence... le reste attend. »

« Bon, ça va. J'ai compris. Vous n'en voulez pas de mon île. Il va falloir que je la revende. Je me disais que l'idée vous plairait de jouer à Robinson Crusoé, après le voyage dans les airs. Je vais réfléchir pour la date. Par contre personne ne doit faire défaut. Quitte à reporter ton voyage en Grèce, tu devras être présente Elsa.
- Pourquoi, cette précipitation ?
- Tu le sauras si tu viens. C'est trop tôt. Parfois l'inconnu c'est sympa, tu ne crois pas ?
- Il te faudra quand même me donner la date avant la fin de la semaine. C'est entendu : pour l'instant, je ne prends pas mon billet. J'ai vraiment envie d'aller chez toi, faire la fête. Comme je le dis souvent, on n'est jamais déçu quand tu proposes une fête.

- Pour ma part, dit Charlie, pas de soucis pour venir dans ton île. Cela me rappellera mon enfance. Quand j'étais enfant, je fabriquais des cerfs-volants et mes parents m'emmenaient sur de larges espaces où je pouvais les faire voler. Vers l'âge de sept ans, ils m'ont acheté un drone et un petit hélicoptère. J'avais aussi monté un avion avec un système d'élastique comme moteur... Vous connaissez les frères Wright ?
- Ceux qui inventèrent l'aviation ? Avança Otneil.
- Oui. À dix ans, j'ai décidé de fabriquer un Flyer, sur le modèle de leur prototype. Tu sais qu'ils l'ont testé en bordure de la plage de Kitty Hawk, en Caroline du Nord ?
- Pourquoi, me parles-tu de cela ?
- Eh bien, je pourrais tester sur ton île l'engin que j'ai fabriqué quand j'avais dix ans. A l'époque on m'appelait M. Wilbur Wright. Il paraît que je lui ressemble !
- Pour ça, oui. Et de plus en plus à présent, je confirme, dirent Otneil et Elsa d'une même voix.
- Et même, je pourrais faire voler le plus grand de mes enfants en bordure de ton île, pendant que les autres iront se baigner. Cela me plairait beaucoup. Je retiens ce projet, si tu es toujours d'accord pour

m'inviter avec ma femme et mes enfants. Qu'en penses-tu ? »

- O.K. pour tout. Je vous rappelle dès que j'ai fait le point sur la mise en place de la fête et la liste des personnes que j'invite. Champagne Rosé pour notre chef ! Je n'ai pas oublié.

- Je te demanderai juste de me laisser un peu de temps pour me préparer avec ma famille, poursuivit Charlie. Le temps des retrouvailles. J'ai besoin de ces moments avec eux, et je crois qu'ils les apprécient aussi. Cela ne te dérange pas ? Qu'en penses-tu ?

- C'est noté.

- Est-ce que tu invites Janös, avec sa femme et son petit garçon ? Demande Elsa, espérant rencontrer le petit Thomas, ce bébé tout neuf de Janös.

- Oui, bien sûr. Ce sont des amis de toujours. Et cela sera facile pour eux. J'aménagerai un coin langes pour bébé et un coin cocooning... tu verras, c'est classe. »

Yvan qui s'était absenté, vient se joindre au groupe.

« Hello ! Toujours pas partis ? Que fait la bande des quatre, avec leur chef ?

- Nous programmons des retrouvailles chez moi. Ils se sont engagés à venir faire la fête et

j'organise tout. Et toi, Yvan ? Tu viendras, n'est-ce pas ? Même si tu n'as pas fait la promesse dans la station spatiale, tu es obligatoirement invité et d'autres… Je vous réserve des surprises.
- Je mets Pitit en révision, répond Yvan. Si une nouvelle mission se présente, je préfère l'avoir fait avant. Je ne sais pas combien cela prendra de temps. Moi, je serai disponible pendant cette période. Je viens.
- C'est parfait. On se revoit donc bientôt. Salut. Je rentre et vous appelle dans trois jours. O.K. ? demande Otneil avec son éternel sourire.
- O.K. !
- Vite, on part » dit Fred à Midori.
Puis se tournant vers Elsa.
« Il me semble que nous prenons le même avion pour aller sur Paris. Est-ce que tu peux joindre un taxi volant pour nous emmener jusqu'à l'aéroport ?
- À vos ordres, mon commandant ! »
Elsa pianote sur son téléphone ; elle a sa valise prête. Par contre, Midori doit aller chercher la sienne. Fred l'accompagne.
« Pourvu qu'ils reviennent à temps ! » Pense Elsa.

Une demi-heure plus tard, ils sont tous les trois dans l'avion. Direction Paris.

« Tu voles en pesanteur à présent, plaisante Fred en s'adressant à Midori. Tu verras quand tu monteras à cheval, tu auras d'autres sensations, avec tes cheveux courts dans le vent ! »

Quelques heures plus tard, l'avion atterrit sur l'aéroport de Paris.

« Il me semble que nous devons nous quitter. Je prends l'avion pour Aulnat, et vous, vous allez sur Marseille, sauf, si cela vous dit, je peux vous héberger pour une nuit ou deux. Vous ferez une pause. J'habite un petit hameau près de Vichy. Vous pourriez faire du sauna pendant deux jours et une fois reposés, partir « au galop » en Camargue !
- Peut-être que oui, dit Fred. Et, toi, Midori qu'elle est ta décision ?
- C'est parti pour un tour à Vichy et un sauna. J'adore ! »

CHAPITRE XIV

RETOUR A LA MAISON

Elsa avait sa voiture personnelle garée sur l'aéroport d'Aulnat. Un tout petit aéroport perdu dans une zone industrielle de Clermont-Ferrand.

Elsa prévient Zorba ; elle va rentrer et elle sera accompagnée. En conséquence, il fallait que Zorba ouvre les volets de la maison pour leur arrivée. Il pourrait ouvrir la porte d'entrée et celle du garage dès qu'Elsa arriverait avec sa voiture.

Zorba s'étire. Il remue ses pattes avant et arrière et commence sa danse pour se déplacer. Il inspecte le moindre recoin. Même si sa « maîtresse » ne l'a pas dit, il est programmé pour le travail de nettoyage des pièces, comme tout aspirateur robotisé.

Le fait, qu'Elsa ait signalé d'autres personnes présentes, il devait, dans son programme, accentuer le ménage. Il parcourt toutes les pièces de la maison, de la salle d'eau au salon. Il nettoie la chambre des invités et aère les pièces.

Zorba teste la température ambiante ; il fait bon à l'intérieur de la maison. Ce n'est pas le cas à l'extérieur, le thermomètre affiche 38°.

Zorba a veillé pendant toute l'absence d'Elsa. L'intérieur de la maison a gardé l'aspect en désordre. Cela, ce n'est pas son travail. Il n'a pas de programme adapté pour faire du rangement. Ses commandes sont simples : avancer, reculer, émettre un signal en cas d'anomalie. Par exemple, si un objet tombe ou si quelqu'un entre par effraction, une alarme se déclenche et prévient immédiatement la police du coin.

Zorba sait aussi appuyer sur des boutons et si on lui donne l'ordre, il peut allumer des lampes, ouvrir ou fermer des portes.

Faire le rangement, c'est pour un robot plus performant que lui, et la tâche serait ardue avec Elsa. Chaque fois qu'elle est sur le départ, elle ne range rien. Or chaque dossier a sa place et aucun papier ou document ne peut être empilé au hasard ; Dès qu'elle a une mission à réaliser, elle doit partir dans les dix minutes. Tant pis pour les rangements. De toute façon, Elsa vit seule et se dit qu'elle ne peut pas avoir d'ami. Sa vie ballotte à droite, à gauche, en fonction des ordres de mission « secret défense » qu'elle reçoit.

D'ailleurs, ce n'est pas ce que ses chefs lui demandent. Une consigne revient toujours :
« Soyez efficace et discrète. »

Alors, vivre avec quelqu'un, cela l'exposerait à expliquer ses disparitions brusques pour partir en mission. De plus, laisser ainsi sa maison en désordre ne serait sans aucun doute pas très bien accepté et enfin s'occuper d'une famille… encore plus contraignant et inenvisageable dans l'instant.

Ils roulaient depuis une bonne demi-heure, lorsqu'ils arrivèrent vers Effiat.
Quelques instants après, ils traversent une forêt.
« C'est ici que j'habite au milieu de cette forêt. Nous sommes à une dizaine de kilomètres de Vichy. Je vous laisserai ma voiture pour que vous puissiez aller faire un sauna sur deux jours. Je vous préviens, moi, pendant ce temps je vais ranger le dossier de cette mission. Vous ne serez pas surpris. Lorsque nous rentrerons, vous verrez

des documents étalés un peu partout. Vous avez compris, puisque vous êtes un peu dans la même situation que moi… » Elle n'osa pas ajouter : et je n'ai personne pour faire le tri et le rangement des dossiers.

Pour Fred et Midori qui avaient l'air de se rapprocher et qui avaient eu aussi des missions « secret défense », au moins s'ils décident de vivre ensemble, ils sauront pourquoi leur maison est en désordre, et aussi ils pourront s'aider l'un, l'autre, parler de leurs actions…

Cependant Elsa, se dit :
« Non, je ne voudrais pas me retrouver à parler sans cesse de mes ou de nos missions. Je préférerai rencontrer quelqu'un qui ne se pose pas de question et vit avec moi quand je suis présente, faire des activités communes, oui, à condition que l'on ne soit pas tout le temps ensemble. »
Les missions « secret défense » lui allaient bien.

Si, elle devait vivre avec quelqu'un, il faudrait qu'il respecte son « jardin secret » et qu'il ne cherche pas à y aller. Une vraie perle rare ! D'autant que la plupart des hommes aiment que leur femme ait un appartement bien ordonné ; cela semblait impossible à trouver.

Heureusement il y a Zorba qui fait le ménage. Cela est une aide précieuse, qui peut plaire à un homme. Il n'aurait pas à lui faire des reproches de ce côté-là !

Bien entendu, elle n'est pas toujours en mission. Elle a autant de jours de repos, que de jours de mission. Au moins, il ne pourrait pas lui reprocher de ne pas être présente. Elle assurerait en quelque sorte, un mi-temps.
Pourquoi rêve-elle ainsi ?
Évidemment, la présence de Fred et de Midori proches d'une vie commune, l'interrogeait sur sa propre vie.

Le paysage défile. Ils s'enfoncent plus profondément dans les bois. Puis Elsa tourne à droite et pénètre dans une grande cour intérieure. Ils aperçoivent une maison à la fois ancienne et moderne. Tout est extrêmement calme ; les arbres bruissent. Quelques mésanges volettent par-ci, par-là, la végétation est luxuriante. L'odeur des sous-bois augmente cette sensation de calme.

« Nous comprenons comment tu te ressources et pourquoi tu es pleine d'énergie ! Dans un lieu pareil, c'est vraiment agréable et sympathique de nous recevoir. dit Fred.
- Oui, approuva Midori. C'est une bonne surprise. »

Elsa montre le chemin. En entrant dans le salon, ils comprirent tout de suite les propos d'Elsa.
« C'est un « vrai bazar » comme aurait dit ma grand-mère, s'exclame Fred. Je n'en crois pas mes yeux. Je comprends aussi pourquoi tu es aussi bien documentée, ajoute-t-il en voyant toutes les cartes étalées sur le sol. Et je vois que je ne suis pas le seul à faire des calculs sur la nappe de la table. Est-ce que l'on peut t'aider ?
- Certainement ! Allez, vous détendre pendant que je range un minimum. Zorba va vous montrer vos chambres et la salle d'eau. Faites comme il vous plaît.
- Merci. A tout à l'heure Elsa. Et bon rangement.

C'est toujours la corvée des retours de mission. Elle est contente que Fred et Midori aient accepté de venir. Cela la motive pour faire le rangement de cette mission.

Il lui faut aussi prendre des notes, sur ce qu'elle a fait, sur comment s'est déroulée la mission ; a-t-elle des remarques à faire ? Reste-il des zones d'ombre ? « J'ai largement deux jours de mise en forme à faire. Pendant ce temps Fred et Midori seront tranquilles et s'ils le souhaitent, ils pourront superviser mes notes, puis mon compte-rendu. On pourra même faire un « débriefing ».

« Je serai prête dans deux heures ; je vais faire réchauffer les plats. C'est Zorba qui surveillera le temps de cuisson.
- Qui est Zorba ?
- Mon robot. Il entretient ma maison et surveille la maison pendant mon absence.
- Oh ! J'aimerais bien en avoir un moi aussi, dit Midori. Les tâches ménagères ne me conviennent pas. Je suis un peu comme toi. Nous devons toujours partir, parfois pour des lieux inconnus et les ordres ne se discutent pas. Cela limite les relations. Ainsi, mes voisins s'interrogent. Je pars, je reviens, jamais aux mêmes horaires. Parfois je suis là longtemps, une bonne semaine, puis je disparais. Ils m'ont demandée quel était mon travail… J'ai répondu « aviatrice. » Ce n'est pas un mensonge et à la fois, un peu…. Cela a semblé les calmer. Ils ont mieux compris mes horaires et

mes absences irrégulières. Parfois, ils me demandent d'où je viens. Alors, je réponds de Paris, ou de Californie, ou du pôle Nord. Comme ce sont les correspondances que j'ai prises pour aller remplir ma mission, c'est la moitié d'un mensonge. Ce qui les rassure complètement, c'est que je vis bien et que je ne les dérange pas. J'entretiens de bonnes relations avec eux. Alors ils apprécient mon côté « exotique. » Parfois, je parle avec eux du Japon et de mon enfance au Japon. Pour toi, c'est peut-être plus difficile. Tu es totalement isolée, dans une sorte de bulle ici. »

Elsa écoute Midori. Elles ont le même souci. Partager des moments avec d'autres personnes de la vie civile et préserver leur vie professionnelle.

« Ici, tu vois, c'est un peu une île, comme dirait Otneil. Je me suis offert un havre de paix. Cela vous dit de regarder les étoiles ce soir ? Parce ce que ce sont les Perséides et dans ma cour nous avons une vue incroyable du ciel et de la voûte céleste. Quand je suis chez moi, je passe des heures dans mon jardin à regarder le ciel. Parfois des amis viennent manger et ils restent à la nuit tombée pour le spectacle. »

Quelques instants plus tard, ils dînent ensemble et profitent de ces moments de tranquillité.

« Je propose qu'avant de regarder les étoiles, et juste après le repas, nous partions faire une promenade dans la forêt ; vous verrez la nuit, c'est merveilleux, conclut Elsa.
- Je vois que tu nous chouchoutes un programme génial. Nous reviendrons souvent te voir ! » dit Fred comme s'il était déjà en couple avec Midori.

Midori approuve. Après tout, cela faisait plus de dix ans qu'ils se connaissaient et ils avaient partagé tant de moments ensemble. C'est presque une évidence. Ils peuvent tolérer les défauts de l'un et de l'autre. Ils savent composer et dans la station spatiale avec le peu d'espace, c'est souhaitable. La vie en commun ne lui fait pas peur. Ils sont presque déjà un vieux couple, tellement leur vie dans l'espace se déroule correctement. De plus, ils ont fait une grande partie de leurs études ensemble, depuis le lycée entre autres. Ils ont même passé leur B.I.A. (premier Brevet d'Aviation). Après, ils s'étaient perdus de vue pendant deux ans et ils s'étaient retrouvés dans la même Université. Là, les études passaient avant tout. La vie affective n'avait pas vraiment de place, sauf pour les soirées étudiantes et les échanges sur des cours.

D'ailleurs ils se respectaient en raison de leur sérieux et ils étaient très complices. Cela ne les avait pas empêchés de partager de bons moments de détente : aller au restaurant, faire du patinage sur glace, nager ou marcher dans les parcs avoisinants. Parfois ils étaient même allés à des concerts gratuits sur Paris. Il y avait une vie étudiante qui leur plaisait beaucoup et en fait, comme Elsa, quelque part, ils étaient encore étudiants dans leur travail.

Faire des recherches, se poser des questions, monter des stratégies d'intervention, ne dépendre que très peu des autorités, sauf pour les consignes… c'était la vie qu'ils avaient choisie. Ils avaient connu Elsa au cours de leurs études universitaires, au moment des stages. Une belle rencontre et des liens d'amitié sincères.

« Oh, tu as vu, dit Midori à Elsa. Ta plante, là-bas on dirait le spectre ! »

En effet, il s'agissait d'une plante d'appartement qui ressemblait au spectre.

Elsa éclata de rire :

« Mais oui ! Cette plante s'appelle : oreille d'éléphant « Sting ray » et c'est Yvan qui me l'a offerte !

Je me rappelle maintenant. Il en avait une chez lui, et je l'avais trouvée très jolie, alors il m'a proposée de m'en offrir une. Incroyable ! Je comprends où il a pris l'image du spectre qu'il nous a envoyé… En fait, il l'a fait à partir de sa plante d'appartement. Je me doutais qu'il y avait un truc... J'ai trouvé !

- Ouah ! Tu les imagines dans leur commission d'enquête. S'ils te demandent d'où venait cette oreille d'éléphant qu'ils ont vu pendant ton travail, et que tu leur dis que « C'est la plante d'appartement d'Yvan ». Ils vont flipper. Fais attention qu'ils ne t'enferment pas. Ce sera difficile de leur faire comprendre la technique employée. À moins de leur donner des cours de physique sur la réfraction de la lumière dans l'espace.

- Pas sûr qu'ils acceptent de venir à mes cours de physique, reprit Elsa.

- Si, si, comme dirait Charlie, si tu les paies, alors ils viendront. »

La nuit tombait. Ils se levèrent pour aller dans les bois.

« On y va. C'est parti. »

Zorba entreprit le ménage, ferma les fenêtres de la maison. Il attendrait leur retour pour fermer les volets et la porte d'entrée.

CHAPITRE XV

UNE VISITE INATTENDUE

Fred et Midori étaient partis depuis la veille. Ils avaient reçu un appel des autorités françaises, pour se présenter à une commission d'enquête sur Paris. Cela concernait leur mission. « Serez-vous présents à l'horaire fixé ? » avait demandé le secrétaire.
Fred répondit comme à son habitude : « Oui, peut-être. »

Elsa se préparait à partir pour des vacances en Grèce. Elle avait choisi cette destination pour se reposer. Elle espérait faire une croisière là-bas et visiter quelques monuments chargés d'histoire. Elle avait soigneusement préparé ses bagages. Elle n'avait retenu aucun avion. Tant pis, elle prendrait le premier qui serait disponible pour l'emmener.

Elle avait hâte de découvrir ces nouveaux avions qui fonctionnent à l'hydrogène ou avec les vitrages composés de cellules photovoltaïques. Quelle merveille de progrès. L'humanité avait fait un bon, en protégeant l'environnement et la biodiversité. Il faisait à nouveau bon vivre et respirer l'air du matin.

Tout à coup, Elsa entend un coup de sifflet.
C'est Zorba, son robot, qui lui signale de la visite.
À cette heure-ci ? Il est presque neuf heures du soir !

Elle regarde par la fenêtre et aperçoit Charlie, sa femme et ses deux enfants.
« Hello Elsa ! crient-ils tous ensemble. Surprise !
- Que se passe-t-il ? Demande-t-elle, à la fois contente et surprise de les voir en France et contrariée de ne pas partir comme elle l'avait prévu.
- Nous sommes invités, à la fête que donne Otneil…. Il y a toute l'équipe présente, et aussi Michel, Georges, Nell, Roberts et quelques inconnus(es). Nous t'emmenons. »

Elsa ne se fît pas prier. Une fête chez Otneil, cela ne se refuse jamais !

Après tout, son voyage pouvait attendre demain.

Cependant, elle ne comprenait pas comment aller à une fête chez Otneil. Ils sont actuellement à Vichy, or Otneil habite en Californie.

« Otneil a retenu un séjour sur Vichy, répondit Charlie, et il a invité de nombreuses personnes. C'est l'occasion de tous venir et de prendre des vacances en France. Nous allons te conduire au lieu indiqué par Otneil. Cela se trouve juste au-dessus de Saint-Nicolas des Biefs. Un lieu perdu dans la Montagne Bourbonnaise. »

Zorba va fermer les volets, puis surveiller la maison.

Otneil l'accueille avec son large sourire, et jovial, lui dit :
« Promesse due, promesse tenue. Voulez-vous danser, Mademoiselle ? »

Elsa se trouve emportée dans le tourbillon de la fête. Otneil en virevoltant l'emmène près d'un groupe qu'elle ne connaît pas.

« Et voici, dit Otneil, notre charmante Elsa. »
Puis se tournant vers Elsa :

« Je te présente ma femme Lucia et mes trois grands enfants. » Je vous laisse pour recevoir mes autres invités. »

Les deux femmes commencent à discuter, pendant que les enfants rejoignent leurs copains.
Lucia, la femme d'Otneil, lui demande :
« Que faîtes-vous dans la vie ? Otneil me parle souvent de vous et vous apprécie énormément. »

Elsa allait répondre spontanément, mise en confiance, puisqu'il s'agissait de la femme d'Otneil, elle allait lui dire la vérité sur son travail :
« Je fais partie des services secrets de l'aérospatiale. » mais à ce moment, elle reçoit un message par télépathie, avec la puce électronique qu'elle a sur l'oreille. C'est Otneil :
« Chut, elle ne sait rien de nos activités d'agents. Moi, je suis officiellement un cuisinier qui travaille dans l'Aérospatiale. »

C'est vrai, ils sont tous tenus d'être « secret défense. » Ils ne peuvent pas parler de leur activité réelle, même à leur famille. Reprenant ses esprits, Elsa prononce tranquillement :

« Je suis physicienne, et j'enseigne dans une l'Université sur Paris.
- Cela doit être passionnant, répond Lucia. Moi, je travaille dans la météo.
- Ah, ça ! Cela doit vous demander beaucoup de connaissances et les prévisions ne sont pas toujours faciles. Bien sûr, il est vrai qu'avec les télescopes d'aujourd'hui et les satellites, cela est plus aisé.
- Oui, répond Lucia, cependant, nous avons encore des phénomènes inexpliqués. Ainsi, nous avons eu des moments d'ensoleillement qui se sont produits de façon anormale, en pleine nuit, ces derniers mois. Cela a même provoqué des incendies. Heureusement, c'étaient dans des zones très reculées et aucune personne n'a été blessée. Il n'y avait pas de bâtiment non plus dans ces zones. Une chance. Ces événements ne semblent plus se reproduire, du moins pour l'instant. »

A ce moment précis, un jeune homme s'avance vers Elsa.
« Bonjour, je suis Nell. Je suis un ami de Otneil. Si vous me le permettez, Lucia, je vais interrompre votre conversation. Je souhaite inviter cette jeune femme, qui est adorable dans sa

tenue entre couleur rosée et nacre. Splendide ! Dit-il galamment. Ces couleurs vous vont à merveille, ainsi que cette étole de soie blanche, qui est, sans aucun doute aussi douce que votre caractère. C'est Otneil qui me l'a appris. »

Elsa émue par ses propos, marque cependant une certaine désapprobation ; elle parlait à la femme de son ami Otneil et elle souhaite la connaître davantage. De plus, pour elle, c'est incorrect de délaisser ainsi son hôtesse alors qu'elle a été très accueillante à son égard.

Lucia la rassure tout de suite :
« Je dois aller me présenter auprès des autres amis d'Otneil. Je vous laisse avec Nell. C'est un charmant garçon, plutôt discret et timide. S'il vous fait des compliments, c'est qu'il le pense vraiment. Nell est un garçon sincère et il peut même parfois blesser des amis-es par sa franchise. Malgré cela, nous l'excusons toujours. Il sait tellement être à notre écoute ! Passez une bonne soirée en sa compagnie. Nous nous retrouverons tout à l'heure. Nous pourrons encore discuter. »

Elsa aperçoit Otneil au fond de la salle qui rit à gorge déployée !

« Ah, non ! Pas question que tu communiques avec moi par télépathie à présent, lui transmet rapidement Elsa. Tu viens de me mettre en relation avec Zorro et bien je reste avec Zorro ! » et ils se mirent à rire à cœur joie.

Nell légèrement surpris, lui dit : « Et bien, cela me plaît que ma compagnie vous mette en joie. Allons danser un peu. »

Elsa est un peu gauche. Ses séjours dans l'espace, avec parfois des passages en apesanteur et des situations de fausse pesanteur, peu de mouvement dans la station spatiale et encore moins dans la capsule, la faisait un peu trébucher. Malgré cela, elle s'applique à bien danser, en évitant autant que possible de lui marcher sur les pieds.

Nell semble un excellent danseur et ne s'offusque pas de sa maladresse. Cependant, après un moment, il lui propose : « Vous avez besoin d'un bon professeur de danse. Je me mets à votre disposition pour vous donner des cours dans vos moments de liberté.
- Ah ! laisse échapper Elsa ; elle comprenait ce que Lucia avait voulu lui expliquer par « la franchise de Nell peut parfois blesser. »

Elle regarde Nell dans les yeux et lui dit avec sérieux :
« Eh bien dans ce cas, je vous donnerais des cours de physique en échange. »

Elle n'allait pas s'en laisser imposer par ce « Nell ». Elle en reparlerait avec Otneil dès qu'ils seraient tous les deux ! Otneil savait bien qu'en raison de son travail, elle ne pouvait pas s'investir dans une relation ni amoureuse, ni de couple.
Elle aurait sa revanche.

Nell s'attrista. Il venait de voir le visage fermé d'Elsa comme pour lui dire : « Non. Je ne suis pas disponible. »

« N'en parlons plus, dit-il. J'ai très peu de disponibilités et vous de même, d'après ce que m'a dit Otneil. Nous n'arriverions pas à trouver des temps en commun, ni pour danser, ni pour la physique. »

Elsa intriguée demanda :
« Vous faîtes quoi comme métier ? »

Puis, en elle-même, elle pensa : « C'est malin. Si, lui te posait cette question, dirais-tu la vérité ? Non. Alors pourquoi, lui, te dirait la vérité ? »

Quel piège ! Elsa ne savait plus comment sortir de cette discussion.

Nell lui répondit, avec sa franchise habituelle : « je suis astrophysicien et spécialiste des spectres. Puis prenant fermement Elsa par le poignet pour lui signifier qu'il ne voulait pas qu'elle parte :
- J'ai une autre proposition à vous faire ; nous pourrions aller voir les étoiles dans une immense prairie, tout près d'ici ; nous verrions les différentes constellations, vous savez : la Grande Ours, la Petite Ourse, le Bélier, le Poisson, la Vierge, le Cancer, et même nous pourrions voir Andromède… »
Elsa palpite de joie… Oh ! Lui aussi, aime regarder les étoiles le soir. Elle gardait précieusement les souvenirs de son enfance à regarder le ciel avec ses parents les soirs d'été et même d'hiver. Il est vrai qu'elle regarde souvent les étoiles dans son jardin : elle aurait bien aimé partager ces moments.

Elle se met à rêver et répond :

« Pourquoi pas ? Oui, peut-être… » reprenant, sans le vouloir, la célèbre phrase de Fred.

« Pourquoi pas ? … continua Elsa, et moi, je vous ferais découvrir une petite cabane perdue dans les montagnes en Bourbonnais… Un endroit, où il est parfois dangereux de s'aventurer car on peut se perdre…

- Allons, plus maintenant, avec les nouvelles technologies !

- Oui, enfin, …, balbutia Elsa, c'était quand j'étais enfant…

- Alors, on y va ? Ce soir, ce sera les étoiles, ma voiture n'est pas loin. Je vous emmène et promis nous irons ensemble dans la cabane. »

Au même moment, Elsa vient de sentir une main se poser sur son épaule. Elle se retourne : C'est Janös ! Il tient dans ses bras un petit bébé tout joufflu. Thomas regarde Elsa avec de grands yeux interrogateurs. Qui est cette nouvelle personne ? Ici, c'est passionnant, il y a plein de monde.

« Merveilleux ! » dit-elle, en prenant le bébé dans ses bras. « C'est le petit Thomas ? » L'enfant sourit en entendant son nom.

« Et, oui. Nous avons pu venir à la fête d'Otneil. Et tu le sais, une fête chez Otneil, ça ne se refuse jamais ! Et puis, maintenant je dois te dire, ma femme et moi, nous aimerions que tu sois la marraine de Thomas. Alors, est-ce que tu acceptes ?
- Quelle surprise ! Bien sûr !
- Ce sera un baptême civil. Il se tiendra dans un mois à la Mairie des Mureaux, juste avant mon départ pour l'Antarctique. »

C'est un vrai bonheur d'échanger sur le nouveau venu en ce monde. Les conversations banales de la vie : « Est-ce qu'il fait ses nuits ? Est-ce qu'il prend du poids normalement ? Est-ce qu'il tête ou est-ce qu'il prend le biberon ? Combien de fois par jour ? Combien de fois par nuit ?
- Il faut que je te dise autre chose… Nous avons déjà demandé à Nell… il sera le parrain. Mais je vois que vous avez commencé à faire connaissance. Nell et moi, nous allons souvent à des colloques à l'étranger et nous échangeons sur nos découvertes. Il te l'a peut-être déjà dit ?
- Euh… non. Je sais juste qu'il est astrophysicien comme toi et moi.
- Très bien ; pour ma part, je vais partir dans dix minutes. Nous devons rentrer à la maison.

Thomas est fatigué et nous aussi. Les rythmes avec les bébés ne sont pas les mêmes que sans !!! Au plaisir de se retrouver dans un mois. Tchao ! »

Janös disparaît, remplacé très rapidement par Fred.
« Déjà de retour ? lui demande Elsa.
- Hello Elsa. Oh, pardon, tu es accompagnée. Peux-tu me présenter ton ami ? »
Elsa est embarrassée. Elle vient juste d'être présentée à Nell et elle ne le connaît pas. Fred parle comme si Nell était son petit ami. Elle dit : « Nell est un ami d'enfance d'Otneil ; Tu connais Otneil, il voulait que je fasse connaissance. Donc, je sais que Nell est astrophysicien, qu'il connaît Janös, et qu'il est bon danseur ! » dit-elle en souriant.
- Parfait, dit Fred avec malice. »

Il sait que Nell était intervenu sur leur mission pour le spectre. Puis il ajoute :
« As-tu vu Midori ? Justement je voulais danser avec elle. Ici, sur terre ce sera plus facile que dans la station ! À la voilà ! Viens nous rejoindre, Midori ! »

Midori arrive avec un sourire radieux. Elle a appris les dernières nouvelles ; les tensions se sont apaisées. Chacun a pris ses responsabilités à la bonne hauteur et les autres pays n'ont plus considéré cela comme une attaque volontaire.

« De quoi parlez-vous ? » Demanda Nell, perplexe. Puis comprenant qu'il se montre indiscret :
« Excusez-moi, cela ne me regarde pas. Faites comme si je n'avais rien demandé. »

Elsa apprécie son côté courtois. Après tout, peut-être qu'ils allaient s'entendre... mais son téléphone sonna.

Elsa se réveilla. Elle venait de dormir. Son rêve était terminé. Il lui fallait partir pour une nouvelle mission.

Lucette Terrenoire, essayiste, aborde dans chaque livre de la trilogie d'Elsa, quatre niveaux de lecture :
1) l'aventure d'Elsa
2) les nouvelles technologies et les écosystèmes
3) le comportement des gouvernements
4) une approche philosophique.

Lucette Terrenoire est lauréate de nombreux prix Culturels :
> en 1967, le prix départemental littéraire, puis édite un recueil de poésies « le métier à tisser ».
> en 1990, le prix Athanor et devient Compagnonne de la Forêt des mille poètes.
> en 1989 à 2006, elle est lauréate de nombreux concours de sculpture sur pierre en taille directe. Son père étant tailleur de pierre, elle dira :
« *C'est en quelque sorte ce que j'appelle le syndrome d'Obélix. L'enfant est plongé sans le savoir dans la marmite et il en retire, un peu à son insu (car il ne sait pas, qu'il sait) une connaissance implicite* ». Elle mettra en place une méthode de sculpture en taille directe au cours de son cursus Universitaire à Lyon II.

Un accident de voiture l'oblige à arrêter ses études en Master ainsi que la sculpture.

En 2017, dans un Manifeste, elle propose un Musée Européen d'Éducation à la Paix, M.E.E.P, sur Vichy et projette de revisiter le projet de Parc National zone humide fluvial pour l'Allier, protection du Grand Cycle de l'eau.

Résolument tournée vers l'avenir, elle écrit en 2020 des livres d'un genre nouveau pour elle, le roman d'anticipation, entre essai philosophique, science-fiction et réalité.

La première trilogie est composée de :

LES AMIS D'ELSA, 2035 - *Éditions BoD, 2020, réédité en 2023 (L'espace et les nouvelles technologies spatiales)*

RETOUR SUR LE FUTUR, ELSA 2035 - *Éditions BoD, 2020, réédité en 2023 (Les pesticides, les robots tueurs et les tourbières)*

VICHY, ELSA 2035 - *Editions Bod 2023 (Les zones humides, le Grand Cycle de l'eau.)*

La deuxième trilogie est à venir…